COLLECTION
L'IMAGINAIRE

Henri Michaux

Passages

(1937-1963)

Gallimard

Cette édition est conforme à celle de novembre 1963.

Henri Michaux est né en 1899 à Namur, dans les Ardennes. Il interrompt ses études de médecine pour embarquer comme matelot : en 1921, il se retrouve ainsi à Marseille. Mais le désarmement des bateaux, après la Première Guerre, l'oblige à renoncer à la mer et à faire toutes sortes de métiers. En 1922, à la suite d'un pari, il se met à écrire, et il a déjà publié une œuvre importante quand, en 1941, il est révélé par une célèbre conférence de Gide : *Découvrons Henri Michaux*. Ses livres, proches du surréalisme, et cependant tout à fait singuliers, sont des poèmes, des descriptions de mondes imaginaires, des inventaires de rêves, une exploration des infinis créés par les substances hallucinogènes.

Henri Michaux est mort à Paris en 1984.

Koyu, le religieux, dit : seule une personne de compréhension réduite désire arranger les choses en séries complètes.

C'est l'incomplétude qui est désirable. En tout, mauvaise est la régularité.

Dans les palais d'autrefois, on laissait toujours un bâtiment inachevé, obligatoirement.

(*Tsuredzure Gusa*,
par YOSHIDA NO
KANEYOSHI, XIVe siècle.)

Idées de traverse

À l'Équateur, je ne me suis jamais senti moi-même. Une ivresse endormie me tenait, pas toujours causée par la chaleur, que l'altitude ou les vents rendaient parfois médiocre.

Je me demande si le mouvement de rotation de la Terre, deux fois plus rapide là-bas que dans nos climats, n'en serait pas la cause.

Ces 465 mètres par seconde en ces pays, tandis que je naquis et vécus où la Terre ne tourne que de 250 mètres chaque seconde, ne devaient pas manquer d'agir sur moi, fort sensible au tournoiement.

Ne subissais-je pas à Rio, à Buenos-Aires, alors que j'en cherchais d'autres raisons, ne subissais-je pas simplement le trouble du Capricorne ?

Je suis bien surpris que personne, à ma connaissance, ne se soit plaint de ce trouble, ni d'un trouble équatorial, que pas même un Norvégien, un Islandais n'en ait fait la remarque. Il est vrai qu'ils disent : « Quel sale climat, quel sale climat ! »

Cela est peu en faveur, me semble-t-il, de la sensibilité de l'homme.

Que lui faut-il donc, à cette brute ?

★

On ne peut guère loger à plus de vingt dans un siècle. De là les grandes disputes pour la célébrité. De loin on croit à de la place pour beaucoup, mais dès qu'on s'y met on s'aperçoit qu'elle est toute étroite, étroite, et comme se resserrant. Aussi faut-il se démener, usant souvent des autres hommes.

Parfois on doit, en un siècle particulièrement chargé, en mener des centaines de milliers, voire des millions, à la bataille et à la mort. Ces millions même parfois ne suffisent point et l'homme qui les conduisait s'enfonce dans l'oubli, d'autres têtes se disputant ensuite l'honneur du carnage et d'en avoir été les vrais initiateurs, cependant que, concurrencés par d'autres requins, ils s'estompent à leur tour, reculent... et la célébrité trop partagée s'effrite sans se fixer.

★

Va-t-on bientôt bombarder les anges?

S'ils existent, qu'ils s'attendent à être bientôt traversés de décharges, de fragments atomiques, de nocives vibrations.

Il est improbable que dans l'énorme mise en train d'infimes et variées perturbations physiques il n'y ait rien qui les gêne.

Préparons-nous à entendre l'espace crier.

★

La plus imprégnante, la plus désarmante, la plus indigeste émotion de ma vie, fut quand j'entendis mon cœur à l'électrocardiographe haut-parleur (je ne jurerais pas de l'exactitude du terme) !

« Ça, mon cœur ! Cette pompe sans allant, sans mordant ! »

Gêné, je regardais l'assistante, simple, bienveillante et qui n'y parut prendre autrement garde. Le défilé de dizaines de cœurs dans l'après-midi ne lui permettait pas une attention méditative.

Pour moi tout s'éclairait et dans un intense découragement. Ce quelque chose de lisse, de lent, d'appliqué, de sourd, c'était ça qui commandait à ma vie affaissée, inutilement par moi cabrée et asticotée, à la merci d'une fatigue, d'une insomnie, mais têtue aussi.

Cœur sans frappe véritable, pas fait pour des actes, pas fait pour le travail en pointe et, dans son bruit de pompe, par moments une sorte d'hésitation, de retournement sourd et secret : le mauvais signe. Moi, lié à ça pour toujours ! Vous auriez à l'esprit le plus brillant, donné ce damné moteur, que serait-il devenu ?

Toute étude de psychologie et d'auto-analyse devrait commencer par là, semble-t-il. En somme je découvrais la cardiomancie. Dissimulé derrière les nouveaux venus, j'écoutais les bruits des cœurs autour de moi, qu'on enregistrait. Il y en avait de bien des sortes. Beaucoup étaient forts. Plusieurs très frappants, tels que j'aurais voulu avoir le mien, des cœurs pour l'épopée, si les circonstances s'y prêtaient. D'autres étaient « cavaliers ». Après plusieurs vifs, il en parut un, étouffé, incertain, dont pour rien au monde je n'aurais voulu dans ma poitrine ni dans ma vie ; étouffé, mais sans donner comme le mien l'impression de double fond.

Mon cœur faisait songer irrésistiblement à une citerne.

P.-S. — S'il y a un Karma et une expiation naturelle dans une vie suivante, le legs d'un cœur défectueux serait parmi les « legs les plus vengeurs, les plus expiateurs ».

★

L'extrême et anéantissante fatigue où m'amène assez vite toute activité et tout exercice, me retire assez considérablement du monde familier.

Ce retirement devient une habitude. Retirement de soi hors des choses. Retirement des choses hors des autres choses l'entourant. Soustraction qui revient parfois à de l'analyse, quoique à cent lieues de l'être. Le cadre part et la chose, sans solennité, même avec une rigoureuse simplicité, fait bande à part, existe.

Cette impression est ineffable, on aurait envie de dire divine, tant elle éloigne des commandements que l'homme se donne d'habitude.

Ce détachement, surtout peut-être par l'évanouissement concomitant de toute ambition, volonté, de tout dessein à l'endroit des choses, aère et désintègre.

Tous les phénomènes médiumniques ont ce même abandon pour point de départ, mais plus parfaits, ils vont plus loin.

★

On n'est vraiment bien que quand on tombe. En l'air, à 3 000 mètres en l'air, on passe quelques secondes délicieuses. Même on est si bien que l'on ne se sent pas particulièrement bien. Simplement, on est bien. Si on avait les yeux bandés et l'ignorance entière de ce qui vous arrive et de l'immense culbute, l'on en aurait même rien à dire sauf « bien, bien ! ».

C'est seulement au sol qu'on marque aussitôt d'un caillou noir la très terrible seconde de l'impact, si l'on a omis son parachute ou sa manœuvre. La descente par contre était ou vaguement délicieuse ou à peu près insensible et, si ce phénomène était le seul, à peine en garderait-on la mémoire et il serait possible que nous fussions tombés des journées entières sans nous en apercevoir. Ce qui apparaît douteux c'est que nous eussions atterri.

Si l'on est bien quand on tombe, on n'est pas mal non plus en l'air lorsqu'on y est projeté. Un pompier de Londres, lors d'un bombardement, fut soulevé par l'explosion comme un simple bouchon de champagne jaillissant du goulot et projeté jusqu'à la hauteur du sixième étage d'une maison voisine. Il la regarda au passage. Il observa aussi sous lui le casque d'un confrère qui luisait dans la fumée, et de l'affairement en bas, beaucoup d'affairement. Car les hommes sont ainsi faits qu'ils courent volontiers de tous côtés quand l'extraordinaire survient. Ce fut, déclara-t-il, un moment agréable, un très plaisant soulèvement, tel qu'il en eût souhaité un plus grand nombre dans sa vie. Le moment où, pris entre l'élan qui lui avait été imprimé et la pesanteur, il se trouva s'arrêtant, ne fut pas désagréable non plus. Mis de la sorte dans sa bonne humeur, il vit la fin de l'aventure de son bon côté, de son côté expérimental. Quelques côtes froissées et quelques os et tissus moins importants l'attendaient en bas. Il n'eut pas le temps d'y songer que c'était déjà fait dans un rude « stop ». Le pavé de Londres est dur. Les pauvres le savaient déjà. Inconfortablement dur ! Notre pompier en fit l'expérience un instant, mais qui lui suffit.

Néanmoins, s'éveillant à l'hôpital, il s'estima du tout très satisfait. La vie de pompier venait enfin de lui apprendre quelque chose d'important.

★

On a récemment démontré l'existence d'un centre de croissance dans le système nerveux.

On pourrait l'affoler. On pourra l'affoler.

Géant par nervosité. Nain par indifférence.

★

Il faudrait pouvoir agir sur la vie prénatale de l'homme.

★

Depuis longtemps déjà on languissait après un nouvel explosif. Car faire 300 voyages sur Londres pour y jeter 100 000 bombes sans la détruire, quelle médiocrité ! Donc on a trouvé un condensé à démolition intra-atomique. Cette explosion partant de quelques atomes d'uranium qui se désintègrent a ceci qui promet, qu'elle peut se propager en chaîne comme une traînée de poudre. Et tout lui est munition : eau, pierre, continent, atmosphère, planète enfin !

Ah ! Ah ! des maniaques de la science, pour la première fois à présent, s'effraient à l'idée de l'explosion gagnant de proche en proche les montagnes, les mers, des pays entiers.

Splendide destin de l'imbécile : il peut couper la branche sous lui. Cet autrefois impensable suicide, l'humanité le peut, va le pouvoir.

De ricochet en ricochet, de planète en planète,

tout le système solaire avec Jupiter et Saturne pourrait sauter, et, dans cet ébranlement fantastique, qui sait ? tous les systèmes solaires les uns à la suite des autres.

Faire éclater la création. Voilà enfin une idée pour plaire à l'homme : notre réplique à la Genèse. Enfin une idée diabolique.

Qu'en pense Dieu ?

★

La vue d'un torpilleur autrefois ne m'était rien. Pas de réaction. Je n'en avais guère vu jusque-là. Ayant passé près d'un an déjà dans un petit port du Var, où ils viennent fréquemment la nuit au mouillage, ils me sont devenus familiers.

À quoi je le remarque ? À ceci : lorsque, étant sur ma terrasse, j'en vois un approcher, je lui tire mentalement quelques coups de canon (sans méchanceté aucune d'ailleurs) et le coule. Après quoi, je me remets à lire et le laisse entrer en rade où il ne me gêne du reste en rien.

Dois-je ajouter que ce n'est pas affaire de pavillon sur lequel je ne lève même pas les yeux. Simplement je le canonne, je le coule et je reviens ensuite à ma lecture, chargé d'une once de satisfaction en plus.

Le tout est devenu machinal. Que dire encore ? Je ne puis m'associer vraiment au monde que par gestes. À cela je sais que le torpilleur fait partie de *mon* monde. Il n'en est, hélas ! pas ainsi des étoiles par le fait d'une impuissance que, je pense, l'on comprendra.

★

Voix synthétiques. On annonce, mise au point cette fois, l'invention d'un appareil mécanique produisant la synthèse des voix humaines par combinaison d'un certain nombre de sons fixes. On en joue sur clavier comme du piano. On y imite des voix, on peut aussi y en inventer.

Merveille autrement humaine que les torpilles magnétiques ou acoustiques.

J'ai toujours désiré faire un orchestre de voix. Nouvel art qui attend ses artistes ou plutôt que ses artistes attendent depuis des siècles, ces disponibles que ni le théâtre ni la musique ne pouvaient satisfaire, ni même le cinéma.

L'inspiré pourra, la voix qu'il entend en lui, la jeter toute crue, toute « comme elle est », et différente de la sienne, dans cet instrument de délices futures et l'opposer diaboliquement à d'autres non moins particulières, non moins exaltantes propres à lui, à ses personnages, enfin il émettra *ses* voix. Plus encore le clavier à composer *des bruits*, un orchestre de bruits, je l'attends. Le musical n'est pas dans la nature ou si peu. Mais les bruits, grands et prenants comme ils sont, base plus familière de notre vie que les rayons mêmes du soleil, enfin nous allons les refaire, nous y recoucher, et, grâce à cet appareil, travailler dans l'os même de la nature.

★

Tout prend si facilement à notre époque une forme extrémiste et contraignante, que si j'apprenais la réunion modérée de gens modérés, envisageant des échanges de vue modérés sur une amélioration modeste des rapports entre les hommes et entre les peuples, je me méfierais encore et les observerais du coin de l'œil, et du recoin de l'âme, et surtout le développement de leur mouvement vers le meilleur je le surveillerais avec méfiance, tant les hommes de ces années me semblent voués de la même façon irrésistible à être les empêcheurs de tourner en rond de tous les autres individus de notre petite planète.

★

L'amour, c'est une occupation de l'espace.

★

Une de mes joies de toujours, c'est dans un état détaché, souvent sorti d'un découragement, de contempler un entassement non panoramique des efforts de l'humanité. Je prends donc un dictionnaire. Tous ces bourgeons humains, dans leur foule alphabétique (je ne lis aucune définition) bien plus qu'aucune grande idée, m'émeuvent et m'agrandissent tout en m'humiliant justement.

Étincelles du monde du dehors et du dedans, j'y contemple la multitude d'*être homme*, la vie aux infinies impressions et vouloir être, et j'observe que ce n'est pas en vain que le monde humain existe. Même je succombe bientôt à ces myriades d'orbites.

C'est ensuite sur cet horizon de fuyants, de pousses, de miroirs, de fruits et d'approximations que, après un certain temps, me rassemblant, je prends goût à fixer à mon tour quelques-unes de mes ombres que je crois voir plus nettes en cet instant.

Et j'écris.

Bien peu m'importent alors le comment et le pourquoi, mais il me devient pressant de conduire à mon tour quelque équipage à travers l'infini moutonnement des possibles. Petit cortège que le mien, mais qui, sur ce fond vaste et infiniment glissant, *marche* pour moi d'un pas si étrangement accentué, d'un pas qui frappe le silence d'un accent inégalable.

J'ai le besoin périodique de me perdre et d'ainsi me rafraîchir. Dieu sait pourtant que je ne cours pas après un grand nombre de vocables pour en devenir propriétaire. C'est proprement l'opposé.

J'aime ces voix nombreuses, pas à moi, leur petit son, leur petit sens me pétillant un instant à la tête, pour redisparaître en lieu étranger où je ne les retrouverai plus.

Et mon impression est aussi de beaucoup de crocs-en-jambe...

★

Les médicaments. On n'a pas assez joué de ce clavier.

En somme, j'aurai voyagé pour connaître des ambiances qui disposent à des idées autres, à des envies nouvelles.

J'ai fait aussi le voyage des médicaments, trop peu fait.

Quand je ne comprends pas quelque auteur, et si loin que le temps et l'espace et le climat et la culture le mettent de moi, ou sa situation sociale ou nationale, jusqu'à m'être complètement fermé, je m'en bats l'œil d'abord, puis m'en fiche encore ou m'en humilie, mais enfin le mettant mentalement en réserve, je me le garde et ne désespère pas, quelque jour, à la faveur d'un métabolisme différent, d'une humeur changée où m'aura mis un nouveau médicament, de comprendre le fermé, le mystérieux et insipide d'à présent.

Et cela m'arrive, en effet, quelquefois...

★

La sublimation existe. « Non » est un meurtre sublimé.

★

La vue qu'on dit la plus juste du Cosmos, celle d'un point dans une sphère, je l'ai assez naturellement. (D'accord, cela ne donne pas la solution des problèmes.)

La vue de la mer me l'enlève. Cette fenêtre ouverte sur l'immense, sur l'inconnu, me soulage de cette notion sans doute fatigante de la sphère et me rend à la dualité, qui est plus humaine (occidentalement parlant).

Autre racine du soulagement : c'est qu'il n'y a pas d'intrus qui puisse venir à l'improviste du côté de la mer (impression ayant pris racine avant la guerre des sous-marins).

Mais le plus extrême soulagement vient d'ailleurs.

Il vient du repos de la machine à appréhender les différences.

On est soulagé du varié à n'en pas finir de la Terre, terrible solliciteuse, qui a toujours quelque chose à nous montrer, à nous proposer (cailloux, fleurs, plantes, collines, ruisseaux, objets de comparaison).

Fini donc ! On s'en remet paisiblement à l'agitation pratiquement égale des milliers d'hectares de vagues devant nous du soin de nous perdre en nous massant.

★

L'Expédition d'Alexandre n'est mentionnée clairement par aucun écrivain hindou. Cet ambitieux avait pourtant cru faire quelque chose de mémorable.

★

Dès que j'écris, c'est pour commencer à inventer. À peine est-ce sorti, voilà que je me mets de tous côtés à lui présenter des barreaux de réalité et, ce nouvel ensemble obtenu, à lui en présenter de nouveaux encore plus réels, et ainsi, de compromis en compromis j'arrive, eh bien j'arrive à ce que j'écris qui est de l'invention saisie à la gorge et à qui on n'a pas donné la belle existence qui lui semblait promise.

C'est pourtant dans cette honnêteté tardive mais rigoureuse et par degrés, et puis plus rigoureuse encore mais toujours plus tardive que je trouve une des joies et un des supplices d'écrire.

★

Ayant conscience de mon injustice, j'écris de moins en moins et très peu des autres hommes. Si les cailloux et la nature m'entendaient, je n'oserais plus parler et me tairais bientôt tout à fait. Car il est impossible de parler de quoi que ce soit suivant son mérite. Heureusement ils n'en savent rien et je n'ai pas à en tenir compte. Mais le casse-tête d'être véritable même à leur endroit me freine et me paralyse de jour en jour davantage.

★

Un jour qui ne saurait tarder, on trouvera l'appareil à mesurer la puissance du cerveau, la force de cette centrale à laquelle nous devons ce que nous sommes.

J'espère apprendre du cérébromètre ce qu'il en est réellement du mien.

Et préparé au pire, je voudrais que cette découverte ne se fît pas trop tard. Ce me sera un fameux choc, je sais, quand des chiffres irrécusables me marqueront d'un 4 ou d'un 5, tandis qu'à d'autres de ma connaissance on octroiera un 85 ou un 90 même.

Je sais, j'aurai beau me dire que ce sont là des esprits de qualité médiocre quoique solide, des esprits en surchauffe, peu sélectifs, faits pour exécuter des travaux « devant leur nez », des dix-huit heures par jour, des directeurs d'usine de service ou de parti, des professeurs.

Sans doute je me le disais autrefois, mais (est-ce la neurasthénie de guerre ?) il me semble de plus en plus indubitablement sentir la ténuité de ces ruisselets grâce auxquels s'allument mes pensées vagues, si vite exténuées, en mon laboratoire poupin enfermé dans mon crâne.

Les Chinois placent la force de l'esprit dans la rate, les Européens dans le cerveau et certains dans le cœur, comme arrosant de sang plus ou moins richement l'intelligence et la personnalité. Maigre arrosage alors ! Fichu ravitaillement que le mien !

Pourtant, c'est dans le moins de force que m'apparaissent toujours les idées les plus vastes, les plus importantes. De véritables bancs d'idées, nombreux à en avoir la respiration coupée, mais d'un délicat, d'un flou, d'un tel en deçà des mots-pensées ! Fugitifs fantômes desquels ne subsiste autant dire que l'impression de savoir, ou plutôt d'avoir su, de quelle vraie façon souterraine les choses se tiennent réellement.

★

On commence à faire des films de court métrage accompagnés d'odeurs. Enfin une invention pour chiens! Nous les distancions trop. Le contact était depuis longtemps perdu. Ils remarquaient bien, à travers nos excessives démonstrations d'amitié, qu'on leur cachait ce qui nous intéressait le plus.

De bons observateurs les virent même parfois humiliés.

Car, il faut l'avouer, dans la civilisation actuelle on n'en avait pas pour son nez.

Ah ! ces futures sorties de salles de cinéma, hommes et chiens mêlés, grisés... et se regardant complices. Se regardant ?

★

La plasticité de l'homme est quelque chose de vaste. La plasticité de l'enfant plus encore. Et si j'étais le maître d'un peuple, je m'en souviendrais et j'ai l'impression qu'il ne couperait pas à quelques fortes expériences, que je n'ose même pas toutes regarder en face.

Mais parlons seulement de ce qui est connu en matière de plasticité.

D'abord on peut faire des saints. On en fit des milliers à une époque et jusqu'au martyre. Pour les héros on en a fait des millions. Cela est, en quelque sorte, facile. L'enthousiasme rassemble les faisceaux épars en l'homme, agréable résurrection !

Son bois mort reverdit, il redevient un et l'on n'est

véritablement un que dans l'élan. D'un médiocre, d'un embrouillé, surgit un simple, un héros.

La plasticité dans un autre sens et comme à contresens est plus stupéfiante encore.

L'expérience la plus extraordinaire, c'est, enfant, d'être élevé par une louve.

L'enfant, dans la mesure du possible, qui est énorme, imite la louve, s'enlouve lui-même. (Mais il faudrait en revenir, pour que l'expérience soit bonne.)

À cette vie bouleversante furent enlevées, à Midnapore, dernièrement, deux fillettes hindoues, si j'en crois un journaliste français et un pasteur anglais.

Ce pasteur les trouva à quatre pattes et procédant par bonds, suivant à la chasse leur mère louve. Les jugeant de loin sur leur allure de bête, il faillit leur tirer dessus. On s'en empara. Elles ne reconnurent pas le pasteur pour un des leurs. Elles étaient de l'autre côté. Elles mordaient les biches au cou. L'odeur de la viande crue leur donnait frénésie et les empreintes du tigre terreur. Leur corps, leur attention les avaient ployées en louves. Elles en avaient les attitudes et les frémissements. Accroupies, elles lapaient l'eau.

Cette famille de bêtes, en ayant séparé la mère louve, on s'étudia par gradations à la rectifier en direction fillette, les dressant à s'asseoir, à se tenir debout, à se servir de leurs doigts pour prendre les aliments, les objets, à faire attention aux mots, à en former quelques-uns.

Pour dire vrai, à cet attirail humain elles ne se montrèrent pas intéressées. La langue parlée autour d'elles est pourtant une belle langue : le tamoul. Valmiki y chanta les amours de Rama. Mais quel loup en voudrait ? Qu'est-ce que ces sucées auprès des rauques hurlements des loups dans les bois, si profondément humains ?

Elles dépérissaient. La plus jeune mourut. L'autre un an plus tard, lentement tuée de neurasthénie.

« Pourtant on a fait ce qu'on a pu », déclarait le pasteur attristé.

Ce directeur d'Orphelinat caressait le projet de la convertir au protestantisme. Une louve au protestantisme ! On aurait dû plutôt lui permettre de temps à autre de dépecer un mouton vivant ou quelque pieuse orpheline. Mais les expériences scientifiques sont si insuffisantes, pratiquées par des amateurs !

Les seuls avec qui la fille louve Kamala fût éveillée, c'étaient les chiens. Mais ce n'étaient que des chiens, des esclaves !

Et ainsi elles moururent, de spleen, car même une fille louve ne respire plus, ne trouve plus goût à respirer, à être elle-même, si elle n'est soutenue par ses semblables, et remise par là en confiance dans la vie, si étrange la vie, si absurde, dès qu'on n'est plus parmi les siens...

★

Pour la paix des hommes, qu'on leur trouve un ennemi !

Supposons cet ennemi. Par l'effet du danger commun, les querelles interhumaines disparaissent et surgit un sentiment exaltant, dépassant le patriotique ou le racique : l'Hommisme. Ce que la charité n'avait pas réussi.

Ça m'emballerait assez moi-même. J'ai misé sur l'espèce humaine plus que je pensais autrefois. Donc il me semble que dans ce cas d'un danger humain collectif, je marcherais à fond.

Pour être vrai, je vois, depuis des jours que j'y songe, poindre une autre curiosité,

Sans doute, je me tiendrais côté homme.

Mais le plus gros danger passé, je chercherais, il me semble, pour mon compte et à moins qu'ils ne me fussent incoerciblement répugnants, à voir ce qu'il y a d'intéressant en ces êtres nouveaux, me mettant du reste, par cette curiosité, plus ouvertement en péril qu'en faisant mon devoir d'homme.

Décidément, non, je ne suis pas ce qu'on appelle un allié sûr. Par fierté j'ai une conduite, disons fidèle, mais ma pensée toujours en incursion est du type infidèle.

Enfin, je me verrais fort bien leur prisonnier.

Cette conclusion n'est pas d'aujourd'hui. Si les lions faisaient des prisonniers, je me serais, enfant, sûrement rendu à eux. Mais ils n'en prennent pas le temps. C'est tout de suite, tout de suite qu'ils veulent vous dévorer ; et tout de suite que les gorilles vous démolissent ou sinon allez, allez votre chemin.

Nos ennemis, intelligents, ne seraient sans doute pas pareils.

Et qui sait si nous ne serions pas amenés à inventer ensemble, eux et moi, un appareil convertisseur, pour rendre audibles nos voix, à moi la leur et à eux la mienne, pour ensuite y trouver sens. Quel moment ! Mais hélas, aucun ennemi à l'horizon planétaire. Il nous faut encore longtemps nous haïr entre nous.

★

« ... Le bruit des tambours se fit entendre et les cavaliers firent lever sous les pieds de leurs chevaux une poussière qui montait jusqu'au ciel. Sa Majesté frappa une boule avec tant de force qu'elle dut atteindre les nuages. Siawusch galopait et frappait son cheval avec tant d'habileté que là où la boule tombait, il ne lui laissait pas le temps de toucher la terre et la frappait si fort qu'on la perdait de vue.

« On apporta une nouvelle balle.

« Siawusch changea de cheval, laissa tomber la boule sur le terrain, lui porta un tel coup qu'elle remonta pour visiter la lune… »

(Firdousi, 965.)

Cela, quoi qu'on puisse penser, est la description d'une partie de polo.

Telle était la modération d'un reporter en Asie à cette époque.

Ce texte sera fort utile à qui veut connaître l'Histoire, la Cour, l'Orient, la littérature de flagornerie et peut-être aussi quelles envies secrètes et démesurées a l'homme quand il semble n'être qu'à un médiocre petit jeu nerveux.

★

On va, cette année 1941, réduire le format des hosties. On y introduit aussi un peu de farine de fèves. Cela préoccupe beaucoup quelques personnes pieuses. Y a-t-il de quoi ? On a peine à comprendre leur émoi. Est-ce que le Fils de Dieu consentant, dans sa toute-puissance et son amour fou de l'homme, consentant à venir à la formule d'un prêtre quelconque et qui n'y prend pas toujours garde, serait gêné et refoulé par un peu de fèves ?

(1942)

★

Le rat, après deux heures en plein soleil, est perdu. Il va faire du cancer solaire. Qui ne l'excusera, après cela, de préférer à la lumière l'ombre fortifiante des égouts ?

★

Des chevaux qui se droguent !

Ainsi, ça ne leur plaît pas tellement à eux non plus ce monde, cette sempiternelle fixité de tout toujours retrouver à sa place et ce bel équilibre sur quatre pattes, si vanté par ceux qui ne les ont pas.

Il est dans le Dakota un arbuste, sorte d'Astargallus, dont « il suffit, dit le Professeur Louis Lewin, qu'un cheval ait mangé une seule fois pour qu'il devienne incurablement prisonnier de cette nourriture tant qu'elle lui est accessible. Il suffit même d'un seul animal qui en mange pour entraîner tout un troupeau à consommer l'Astargallus... S'il voit un petit caillou par terre il fait par-dessus un bond énorme qui lui ferait franchir un mur... ».

Il aime donc aussi les mirages, les rêves, le décollement de son moi, la liquidation de ses fidèles organes (assommant ; ce qu'ils sont fidèles !) et du sol (si fidèle lui aussi).

Cette fameuse coordination des mouvements dont le cheval, comme Monsieur son maître, est un chef-d'œuvre, il est heureux, comme Monsieur son maître, de l'envoyer promener — pour s'en reposer, de cette damnée mécanique fastidieusement parfaite et exigeante, et on le voit qui revient à ces plans délicieux à l'âme et prenant à leur ombre des postures parfaitement rêveuses.

... Quelque naturaliste amateur imaginera ici des fourmis qui, au lieu de cultiver des champignons, sèmeraient des graines de cette plante pour venir ensuite se repaître du sang des chevaux abrutis et sans défense. Hum!

★

En l'an quatre mille, on lira, je le parie, un jeune homme qui écrira d'un ton avantageux et sûr de son affaire :

«J'avais vingt-quatre ans. J'étais sur Terre et m'y ennuyais désespérément. J'avais fait le tour de bien des choses; de notre globe aussi j'avais fait le tour je ne sais combien de fois en fin de semaine.

«J'étais encore allé dans la Lune et mon frère, plus sportif, sur un satellite de Jupiter. Tout cela est bien surfait. Je m'ennuyais épouvantablement quand je rencontrai... ».

Et voilà que chemin faisant, et la plume courant, il nous apprend qu'il a rencontré une fille que, médusé, il se met à décrire longuement, et de quoi il ressort malgré lui que c'est une petite bien peu intéressante, comme l'humanité à ses moindres époques en a produit des centaines de mille, et telle que du temps d'Annibal on n'en eût pas voulu à Carthage autrement que pour écurer les pots de cuisine.

Et notre individu qui a l'avantage de vivre à une époque formidable, que nous avons tant espérée, vient nous bassiner avec cette vieille histoire que nous autres, morts depuis plus de deux mille ans, nous connaissions déjà par cœur.

Pour des salauds de ce genre il faudrait dès maintenant un tribunal qui les condamne. Mais, comment faire ? Comment ?...

(1942)

Nature

L'homme se promène volontiers au bord des fleuves, ne pensant à rien.

Croyant contempler le fleuve ou simplement se promener sans rien faire, il contemple son propre fleuve de sang, dont il est une île délicate, malgré ses organes, ses os durs, ses principes, plus durs encore, qui voudraient lui en faire accroire.

Ce radotage, infiniment répété, de soi mis devant soi, plaît. Prolongé il constitue une cure, ou du moins une villégiature. C'est ce que ne savent pas quantité de gens qui d'ailleurs ne s'y plaisent pas moins pour cela et qui reviennent « gonflés à bloc », quoiqu'ils ne sachent pas de quoi.

Tous les spectacles de la nature sont des spectacles en écho, sans quoi les images ne seraient que des amusettes pour faire tomber les sots.

Pour les montagnes, c'est délicat. L'une ne vous « dit » rien. L'autre est excellente. Il faut n'aller que dans les montagnes qui vous massent dans le sens de vos muscles mentaux, paysages d'accompagnement.

Même très hautes, il y en a dont les courbes molles, je veux dire dont les invitations aux expressions molles, vous dégoûteront à vous suicider, vous, mais pas un autre qu'elles harmoniseront, magnifieront, qu'elles convaincront sans peine qu'il a raison. Vous, il faut les quitter vivement pour de plus à pic.

Aggravant ou soulageant les maux du « moi », la nature est merveilleuse. En effet, elle a une allure insensée. Cela tient surtout à sa répétition. Quelle exaspéreuse ! Passe encore pour l'océan, mais le reste ! Ah ! le rire des ruisselets, ce sempiternel bon-enfantisme, cette façon d'avancer de rire en rire, de chuchotis en chuchotis et tout cela pour ne rien dire et finir à la rivière, lente et portant des fardeaux. La note de mauvaise humeur manque au ruisseau. Il lui en manque d'autres. Il semble qu'il fasse du bien aux enfants quand il les amuse.

Mais le vent ! Quoi de plus mauvais, de plus insupportablement têtu que le mistral. Je haïssais, étant dans le Midi, beaucoup plus le mistral qu'homme au monde. Je sentais mieux pourquoi.

Cet inapaisable hurlement, des heures, des jours durant, que rien, qu'aucune menace, aucun pourparler n'arrêteront. Ce hurlement sans fin, ce hurlement spécial du vent par vagues et par reprises et damnés crescendos nous provoque, nous oblige nous-mêmes à hurler.

Si encore il y avait une raison, mais impossible d'en trouver une. Cette machine à nous coudre à des fous qui courent et qu'on ne voit pas est la plus haïssable qui soit.

(1947)

Enfants

L'enfant plus homme que l'homme.

Si tout le monde est méconnu, essentiellement méconnu par l'impossibilité où se trouve un étranger d'entrer dans votre peau, de coïncider ne fût-ce qu'un instant avec votre ensemble, l'enfant paraît un des plus méconnus et cette méconnaissance est étrange. Dans la peau du sanguin, l'anémique se congestionne, mais il ne devient pas sanguin, même un instant il ne peut éprouver ce que c'est que d'avoir les membres baignés d'un sang riche et rapide aux réparations.

En vain l'homme se veut imaginer des seins sur sa poitrine plate. Il ne peut se figurer l'étonnant phénomène à jamais inconnu, mystérieux, d'être femme, simplement femme, ni belle ni laide, mais femme ; et aucun amour ne le lui fera jamais comprendre.

Ni le thyroïdien ne comprendra l'hypothyroïdien, ni l'homme svelte au cou long ne peut se représenter intérieurement comment on est, ayant le cou large et court, collé aux épaules.

Il ne le peut. Il est excusé. Il n'a jamais passé par là. Mais l'homme a été enfant. Il l'a été longtemps et, semble-t-il, tout aussi en vain. Quelque chose d'essentiel, l'atmosphère intérieure, un je-ne-sais-quoi qui liait tout, a disparu et tout le monde de l'enfance avec lui ; ainsi qu'un port de pêche entrevu et qu'une odeur de goudron et de calfatage seule liait dans notre mémoire et seule peut ressusciter ; mais l'*odeur* de l'enfance en nous est autrement enfouie et irretrouvable. Le Temps de l'enfant, ce Temps si spécial, Temps physiologique créé par une autre combustion, par un autre rythme sanguin et respiratoire, par une autre vitesse de cicatrisation, nous est complètement perdu (l'homme a une détestable mémoire du cénesthésique). Il sort de l'enfance comme d'une maladie et n'a pas de mémoire de la maladie ; il en a perdu le pouls.

Retrouverions-nous son Temps, on resterait séparé de l'enfant par les dix mille virginités perdues. Rien ne sépare, n'éloigne, comme la perte de la virginité. Quoi de plus difficile que de se représenter « l'avant », tout ce qui venait « avant », non réalisé encore, tout ce qui vint *pour la première fois,* tout ce qui autrefois élan, appel, est devenu satisfaction, c'est-à-dire rien du tout.

Regards de l'enfance, si particuliers, riches de ne pas encore savoir, riches d'étendue, de désert, grands de nescience, comme un fleuve qui coule (l'adulte a vendu l'étendue pour le repérage), regards qui ne sont pas encore liés, denses de tout ce qui leur échappe, étoffés par l'encore indéchiffré. Regards de l'étranger, car il arrive en étranger dans son corps. C'est le nouveau venu au studio de prises de vues, à qui il faut tout montrer, comment la voix porte, où regarder, de quelle façon soulever les pieds.

Et il arrive aussi en étranger dans notre civilisation et sur terre. Âge des questions ? « Pourquoi y a-t-il tant de jours ? Où vont les nuits ? Pourquoi y a-t-il constamment des choses ? Pourquoi suis-je moi et non pas lui ? Pourquoi est-ce Dieu qui est Dieu ? » Âge d'or des questions et c'est de réponses que l'homme meurt.

L'enfant avance dans le monde des masses qui partout s'expriment, avance, risque un frêle signe. Première tête dessinée par l'enfant, si légère, d'une si fine charpente ! Quatre menus fils, un trait qui ailleurs sera jambe ou bras ou mât de navire, ovale qui est bouche comme œil, et ce signe, c'est la tentative la plus jeune et la plus vieille de l'humanité, celle d'une langue idéographique, la seule langue vraiment universelle que chaque enfant partout réinvente.

Louis XIII, à huit ans, fait un dessin semblable à celui que fait le fils d'un cannibale néo-calédonien. À huit ans, Il a l'âge de l'humanité, il a au moins deux cent cinquante mille ans. Quelques années après il les a perdus, il n'a plus que trente et un ans, il est devenu un individu, il n'est plus qu'un roi de France, impasse dont il ne sortit jamais. Qu'est-ce qui est pire que d'être achevé ?

Adulte — achevé — mort : nuances d'un même état. On a jeté ses atouts.

« Tout le progrès de l'homme est peut-être dû au fait qu'il reste longtemps dans l'enfance. » (John Fiske.)

Et cependant : « Il ne tient pas ce qu'il promet. » (Goethe.)

La pire critique contre Aristote est encore celle-ci : qu'il était définitivement Aristote. Avant de mourir, on devient tout os.

(1938)

Visages de jeunes filles

Un pays où les jeunes filles sont belles : bon pays. Pays où l'on a su vivre. L'espèce humaine y fut une réussite. Ce n'est pas rien.

Dans le visage de la jeune fille est inscrite la civilisation où elle naquit. Elle s'y juge, satisfaite ou non, avec ses caractères propres.

Le pays s'y juge encore plus, et si l'eau y est saine, légère, convenablement minéralisée, ce qu'y valent la lumière, le manger, le mode de vie, le système social.

Une civilisation qui ne sait pas faire de belles filles n'est pas une civilisation, ou bien, pour son excuse, elle est venue du dehors, mal à propos, mal adaptée, souffrante, plutôt à rejeter.

La pauvreté seule ne peut avoir raison de la beauté. Les épidémies y parviennent davantage, les maladies.

Personnellement, ce n'est pas que je ne préfère les civilisations qui donnent les beaux vieillards, ce sont les plus spirituelles. Les Indes arrivent à réaliser les deux. L'homme adulte, seul, y est manqué. Lui fait défaut je ne sais quelle noblesse de sabre, un air d'attaque, d'aventure, de mordant, d'entreprise dont l'absence totale en l'homme est toujours gênante.

Les visages des filles, c'est l'étoffe de la race même, plus que le visage des garçons (les garçons par leur précoce activité et détermination semblent plutôt des projets de race future), plus que l'enfant (l'enfant n'est pas encore assez orienté vers l'homme), plus que le vieillard (ses os dilatent et cassent la face, sa peau la froisse, ses muscles affaissés la disloquent et la faussent).

Le visage de la jeune fille, comme le plus impersonnel, est le bon miroir de la race. Tout cela ne doit pas être une illusion due à la beauté. Les jeunes filles, autrefois, j'étais plutôt contre. Ce qu'elles peuvent être agaçantes, ces demoiselles ! Cette somme de soumission, de conformisme et de « oui, oui, oui » qu'elles contiennent si visiblement et si inlassablement, ce charme trop facile et immérité, et surtout cette sensibilité insensible (je m'entends : comme celle des riches, elles comme eux, au plein de leur aisance, en période facile. Une orchidée, un vase les ravit, tandis que dix personnes qui meurent les laissent indifférentes).

Mais point de querelles là-dessus. Il ne faut pas trop leur demander. Leur visage est leur œuvre d'art, leur inconsciente et partant fidèle traduction d'un monde.

En voyage dans des pays étrangers où l'on connaît moins les jeunes filles, où l'on se promène plutôt parmi les visages que parmi leurs personnes, on devient plus juste envers elles.

Visages de jeunes filles chinoises, quand je vous vis pour la première fois à Hong Kong et à Canton, visages miraculeux, où la Chine a toujours quinze ans, où elle s'éveille à la vie en son premier rêve, si fraîche après tant de siècles, avec sa sans pareille délicatesse, son âme de fleur et de poisson, quoique fortement assise et avec une confiance d'éléphant, et très joyeuse aussi, malgré toute sa réserve, comme vous m'avez émerveillé ! La jeune fille, la Chine, la beauté, la culture… il me semblait que tout par elles m'était révélé. Tout et moi-même.

Depuis, je regarde d'un autre œil.

Visages de jeunes filles, depuis, vous m'apparaissez différents : chargés, chargés, si insignifiants que soient les propos des personnes qui les portent. Visages même des jeunes filles des contrées mauvaises, visages ingrats, beaux à peine quelques mois, sur lesquels un nez d'ancêtre alcoolique et goinfre ou malade se met à grossir bientôt, bientôt, trop tôt, à grandir insidieusement, beaux visages émouvants qui tournez irrésistiblement à la laideur, à la défaite, à l'animalité, à la lourdeur, mais pour quelque temps encore vibrants et éclairés, comme vous êtes extraordinaires !

Visages de jeunes filles, visages sans « je », visages sans capitaine. Miroirs de la race, visages encore inhabités que la volonté n'a pas eu le temps de durcir et de rendre forteresse. Visages ouverts, visages donnés, mais où il n'y a personne à prendre. Visages qui ne vous appartiennent pas. Visages universels. (Quel apaisement parmi tous les autres, particuliers, rétrécis, maniaques !)

Visages mystérieux portés par la marée des ancêtres, qui avez un front que vous n'avez pas gagné, un front que des sédiments d'efforts masculins, d'inventeurs, de penseurs, de conquérants, ont lentement modelé, avancé, redressé.

Visages des unes et des autres faits sans raison, semble-t-il, mais que les besoins et les forces ont formés à bon escient.

Visages de filles aux pommettes saillantes, pour s'être trouvé quelqu'un de vos ancêtres en un climat où il fallait des sinus développés pour vivre confortablement sans maux de gorge ni rhumes.

Visages maigres, parce qu'il fallait qu'ils le fussent.

Visages irradiants aux plaisirs diffus, aux plaisirs qui ne se sont pas encore sottement circonscrits en quelques rares endroits bien repérés, bien exclusifs, du corps, de la tête, de la vie.

Visage de la jeune fille à qui on n'a pas encore volé son ciel.

Visage fragile qu'on voudrait éternel, qui tourne court, qu'un extrême idéal ou élan ou religion constamment à la tâche de dépersonnaliser ce qui tend en lui à se personnaliser, pourrait seul maintenir à son rang inégalable.

Visage musical, qu'une lampe intérieure compose plus que ses traits et dont le visage de madone serait l'heureux aboutissement.

Visage qu'elle va perdant de jour en jour, pour avoir désiré ou avoir été contrainte de choisir, d'opter, de réaliser.

Et qu'allez-vous devenir, visages contemporains tôt abandonnés par filles stupidement pressées d'en sortir, d'être quelqu'un, quelque chose, femme, citoyenne, scout, soldate ?

(1939)

Les poètes voyagent

Les poètes voyagent, mais l'aventure du voyage ne les possède pas.

La passion du voyage n'aime pas les poèmes. Elle supporte, s'il le faut, d'être romancée. Elle supporte le style moyen et le mauvais, et même s'y exalte, mais elle n'aime guère le poème. Elle se trouve mal dans les rimes.

Même en des temps riches, où l'enthousiasme homogénéisait les hommes et rendait les poèmes plus « uns », à l'époque des romantiques, elle préféra leur prose à leurs poèmes.

S'il lui arrive d'avoir grande allure dans Chateaubriand ou dans quelque autre seigneur de la littérature, elle trouve plus souvent sa note juste, et qui vous frappe, dans un marchand, un aventurier, un embrouilleur aux cent métiers, qui la transpire et révèle en quelque naïf propos qu'Elle le tient souverainement.

Sans doute n'est-elle pas séparable de la poésie, mais elle ne voit pas *sa* poésie dans les poésies. En somme, elle préfère la mauvaise compagnie.

Il ne semble pas davantage qu'elle ait élu les Français, quoiqu'elle en ait fait trotter rudement quelques-uns. Mais, pour ce qui est de leur poésie, elle trouve qu'ils ne se laissent pas assez faire...

Quand poème et voyage se sont rencontrés, la rencontre n'a généralement pas été heureuse, ni féconde à ce qu'il semble.

La poésie voulait trop le voyage considéré à l'aise. Il s'y trouve embarrassé. Elle se voulut en extase devant lui. Mais est-ce qu'il aime tellement l'extase ? Elle le rencontra dans la nostalgie, mais ce n'est pas sa préférence à lui. Dans des qualificatifs fins et rares, et surhaussés. Mais la richesse lui fait souvent du tort. Ou à propos d'autres séduisantes figures. Mais, alors, qu'est-ce qu'il y vient faire ?

Elle aurait voulu le voir comme on voit l'amour. Mais le voyage n'est pas une femme. Il ne veut pas de la contemplation. Son genre serait plutôt celui du mâle, et c'est l'action, sa passion.

Il y a eu pourtant une mémorable exception[1] : ce fut Cendrars. Lui et ses poèmes avaient le voyage dans le ventre.

Encore maintenant, *Le Panama ou les aventures de mes sept oncles* et *Prose du Transsibérien et de la petite Jeanne de France* se lisent comme un rapide vous prend, comme un hydravion amerrit dans un golfe des Tropiques. Une vertu voyageuse après vingt ans fort bouleversés y réside toujours, une incitation merveilleuse à traverser pays et peuples étrangers.

Et les autres ? Ils furent, chose curieuse, plus importants peut-être. Si c'est Jules Verne qui a lancé le voyage parmi le peuple français, c'est l'*Invitation au voyage*, de Baudelaire, qui a été retenu, avec quelques poèmes parfaits d'hommes qui n'avaient jamais mis les yeux hors d'Europe.

1. Une deuxième si l'on compte Rimbaud. Sa vraie vie pourtant n'est pas là.

C'est fâcheux, et ce n'est pas trop fâcheux. Le penchant est le lot du poète. C'est par les impérissables penchants que périodiquement l'humanité et ses vagues de nouveaux adolescents se redécouvrent sans cesse en des hommes qui n'avaient su vivre qu'en penchants et non en actions.

Excitants pour les jeunes en état de pré-réalisation, ressuscitants pour les autres, les poètes donnent éternellement le « départ ».

Ces velléitaires enfin impriment leur volonté, ces cryptiques sans profondeur enfin en d'autres s'approfondissent, ces amants sans avoir femme enfin inspirent l'amour, et ces voyageurs sans bouger suscitent des croisières.

Cependant, la poésie qui n'a point commencé par ce rôle modeste n'y pouvait point finir. Elle ne pouvait aimer indéfiniment le rôle de parent pauvre ou de véhicule.

Elle cherchait depuis des années sa propre aventure, avec hésitation d'abord, puis avec emportement. Elle apprit que, pour ce qui est de voyager, elle n'avait vraiment besoin de personne, possédant tout elle-même.

Quel pouvoir n'avait-elle pas en déplacement, en transformation, en évasion ? Pourquoi voyager, quand une rime lui faisait niveler une montagne, quand un adjectif peuplait un pays, quand une assonance faisait basculer la Terre entière ?

Le poème était un ciel, et le poète tenait le manche à balai.

Ah ! Il s'était en vérité donné bien des contraintes !

Cela changea.

Quel voyage ce fut pour leurs premiers lecteurs que *Au 125 du boulevard Saint-Germain,* de Benjamin Péret, que les *Chants de Maldoror,* du comte de Lautréamont ! Rien n'arrêtait plus. Ni les lointains, ni les murs, obstacles du réel et de l'expérience. Les métamorphoses, les transsubstantiations, les bilocations, les impossibilités physiques devenaient la chose du monde apparemment la plus facile.

Le plaisir était si grand, si libérateur, que des dizaines de voyages surréels en autant d'esprits s'accomplirent en peu de temps. Il y avait tant d'espoir que l'on entrevit le « communisme du génie ».

Toutefois, comme on avait bâillé aux poèmes de voyage, on bâilla aux poèmes de voyages surréels. Tous les éléments du voyage étaient là. Mais pas de parcours.

C'est pourquoi on l'attend encore, on l'attend à nouveau, le poème du vrai voyage… et les poèmes de l'appel au voyage demeurent.

(1946)

Combat contre l'espace

Depuis plus d'un demi-siècle, l'état de guerre existe en peinture.

Allons-nous enfin avoir la Paix ?

Non ! Pas question de paix. Nous sommes inépuisables en expériences.

La peinture est la Drosofilia de l'artiste et vous n'êtes pas prêts de voir la fin de ses formes monstrueuses et expérimentales. On peut compter sur les peintres comme sur les généticiens.

Mais n'a-t-on pas déjà décomposé tout le décomposable, secoué le secouable, les formes, la lumière, les couleurs ?

Non. Il reste nombre d'éléments... et l'espace. Il y a quelque chose de tabou du côté « espace ». On n'y touchera donc jamais ? Semblablement les écrivains les plus destructeurs d'autrefois, comme s'ils craignaient de perdre tout support, laissaient toujours la syntaxe intouchée.

Les plus terroristes des peintres n'osent violenter l'espace. Quand ils s'en occupèrent, ce fut sans s'en rendre compte et plutôt pour le boucher. Dans un tableau cubiste, c'est bien connu, on n'y voit pas à plus de trois mètres. Et même les Klee, quand ils ne sont pas aériens, sont bouchés.

Serait-ce qu'on vit en cellules, et comme des myopes ?

Si cela fut, c'est sûrement passé. Voyages, sports, cinéma, photographie, aviation, camping, courses, tous les excitants de la « Vie Moderne » appellent au-dehors. Ils sont dans le camp ou dans le rappel des grands espaces.

Pourquoi tant d'espace d'un côté et si peu de l'autre, je veux dire dans les tableaux, où il ennuie mortellement et fait tristement pompier ? Tandis que notre espace réel est le lieu des « vacances », le lieu de la liberté des mouvements, des courses, de la vitesse, du sans-façon, celui de la perspective italienne est exactement le contraire, c'est-à-dire le lieu des contraintes, véritable pénitencier, inventé par un pion, hélas géomètre. Couvent surveillé par le Destin.

Pour retrouver un espace dégagé, où l'on se sente libre, il faut aller aux peintures rupestres ?

Qu'y a-t-il de plus vivant que les troupeaux et les ensembles que l'on y voit, où une gardienne de vaches est beaucoup trop grande pour la place qu'elle occupe (ou trop petite), où un animal est sûrement trop clair pour la distance où il se trouve (mais c'est comme lorsqu'on regarde avec prédilection un objet distant et qu'on le détache et qu'on le rapproche mentalement pour en mieux jouir) ?

Qui ne voit que c'est précisément pour avoir été observés « selon la vue de l'esprit » qu'ils apparaissent véritablement baignés dans l'Espace, alors que selon notre perspective, malgré leurs mouvements, ils apparaîtraient misérablement rétrécis et cloués sur un petit coin d'horizon ?

Qui ne voit que, nous aussi, nous ne pouvons trouver l'espace qu'à la condition d'abandonner le nôtre, notre perspective de carcan ?

P… fait un visage en soudant une demi-face à un profil, visage deux fois plus vivant que le réel.

Cette synthèse, type de celles que nous faisons à chaque instant dans la réalité, à mi-chemin entre le jugement et les images associées, est également applicable à l'espace.

En soudant avec l'à-propos et le magnétisme convenable l'éloigné et le plus proche, le haut et le bas, ce qui est vu comme en plongée et ce qui est vu de face, ce qui est vu en coin et ce qui est comme au bout du nez, en jouant sur les inégalement distants comme sur les soufflets d'un accordéon, nous fondrons les tueuses géométries, nous briserons ce frêle et dur triangle qui se perd au loin avec les choses que nous désirions voir et l'espace redeviendra ce qu'il était, un immense rendez-vous de cent espaces qui baignent les uns dans les autres et où baignent avec nous les objets et les êtres.

Non, l'espace n'est pas plus immuable ni plus insaisissable ou intouchable que les autres Dieux. C'est une grenouille qui attend nos terribles et subtils instruments.

Déjà quelques peintres commencent leurs opérations de tortionnaires.

Allons, ayez confiance, une nouvelle guerre se prépare.

(1945)

Arriver à se réveiller

La nuit me laisse cadavre.

Il faut le ranimer.

Pourtant, ce n'est pas l'impression d'un corps mort que j'ai le matin.

Si l'on pouvait m'apercevoir alors conformément à mes impressions, j'apparaîtrais comme une mer de nuages, une mer globuleuse de masses de flocons, immense objet qui confine sans doute à la stratosphère.

Tout nuage que je suis, je ne laisse pas de me rendre compte qu'il y a des ennemis à cet état, qu'il faudra prochainement redevenir actif, déterminé, réduit en taille... et qu'il serait prudent de m'y acheminer (s'il n'est pas trop tard pour me réveiller jamais). Je m'y emploie aussitôt.

Pour y arriver, pour arriver à la forme que je devine devoir m'être la plus propice, je vise en tâtonnant à devenir une forme à pieds ou à pattes ou à pseudopodes.

Avec beaucoup de pattes, j'espère trouver plus rapidement le sol dont je me trouve dangereusement loin.

Je ne peux toutefois commencer par là. La planète gazeuse (ou l'immensément gigantesque amibe chloroformée) que je suis devenu ne le permet pas encore.

Courage ! Dans cette masse demeure un vouloir.

Ce têtu sans corps pousse confusément.

Sans savoir exactement quel être je suis, sans d'ailleurs y réfléchir ou m'en préoccuper, mais assuré qu'il y aura pour moi de plus grandes chances de soulèvement avec des pseudopodes même maladroits et se mouvant contradictoirement que sans, j'essaie par des pieds nombreux de m'arracher du gisement du sommeil. Car il se trouve qu'il y a gisement dans ce faux nuage, non ? il est vrai, par le poids du centre de ma personne qui serait plus dense (centre que je ne sens nullement, non plus que de l'hétérogénéité) mais plutôt à la façon dont on gît parfois dans le lit d'une mélodie, d'une ritournelle, sans pouvoir, quoi qu'on fasse, en sortir.

Dans cette grave situation (grave, car je n'ai pas alors l'encourageante mémoire de la façon dont précédemment je me suis tiré d'affaire plus d'une fois déjà, et même des milliers de fois) j'ai recours — chose curieuse — non tout de suite aux pseudopodes, mais, montrant ainsi la confiance solide (ou puérile) que je garde à la mécanique, j'ai recours à des instruments de levage d'une valeur éprouvée, à des palans, à des grues, à des mâts de charge, tout cela immense, grues comme il en faudrait pour super-gratte-ciel de deux cents étages, palans de vertige, courroies multiples, engrenages à la Cardan et d'autres dont je ne sais pas le nom, en ayant vu peut-être une seule fois le dessin ou la figure, mais retrouvés ici miraculeusement dans une situation tragique pour moi et nécessitant l'intervention de ce qui se fait de mieux.

Il semble qu'il y ait pour le soulèvement de ma super-masse gazeuse par le moyen de ces instruments, une impropriété tellement flagrante qu'elle serait capable de frapper un idiot évanoui, un demi-mort.

Hum ! Le certain est qu'elle ne me réveille pas.

Quoi qu'il en soit de ma mauvaise adaptation, je cesse après quelque temps ce genre de travaux. Mais pas pour me retrouver dans l'état d'un être franchement revenu à zéro.

Cette invention, si peu qu'elle soit entrée dans les faits, je sais par elle que mon soulèvement libérateur va tôt ou tard se produire de cette manière ou d'une autre, plutôt d'une autre. Ce signe de mes capacités ne me trompe pas.

Viennent ensuite des essais de dégagement par des sortes de butoirs énormes fourrés sous ma masse (images grandioses, mais d'une faiblesse de brins de laine, encore que j'y mette tout l'acier que je peux penser).

Puis dans le silence et l'épuisement, je retourne à ma paralysie, seule et irrécusable réalité.

Bien que les instruments utilisés n'aient pas une fois, à ma souvenance, réussi à me déplacer, j'y ai toujours recours au début de mon réveil.

Heureusement, je ne rencontre pas le même insuccès dans mes tentatives de soulèvement par pseudopodes, sinon je ne m'éveillerais jamais.

Quand je commence à bourgeonner, à former des pattes même très grossières, même des sortes de moignons, c'est que je commence à entrer dans le chemin de la délivrance.

Et quand de vraies pattes s'ébauchent, partageant mon être en haut et bas...

Mais je n'en suis pas là et même il faut que j'en

revienne encore une fois aux instruments de levage qui pourtant m'ont peu aidé jusqu'à présent.

Chacun ses erreurs, ses invincibles erreurs de comportement. Au moins on devrait s'attendre à une adaptation, à une meilleure appropriation des instruments au but poursuivi.

Or, ce qui apparaît, c'est plutôt une inappropriation plus grande dans une abondance plus grande encore.

C'est le moment où commencent à apparaître de frêles os, longs, proportionnés à la longueur du corps, c'est-à-dire jusqu'à avoir des centaines de mètres, par endroits presque filiformes, donnant peur continuelle de se rompre ou de se détacher, car au lieu de s'emboîter par l'intermédiaire d'apophyses et de se retenir par ligaments, ils s'emboîtent, je ne sais vraiment pas pourquoi, par l'intermédiaire soit de piles de centaines d'assiettes tournantes, soit de bobines sifflantes en équilibre misérable risquant de partir et de se détacher, et qui rendrait anxieux un navet, équilibre incapable de satisfaire le réveillé au dixième, qui ne sait que faire, cependant que la paralysie réelle de son corps ne lui permet encore aucune confiance.

Puis tout s'arrête dans un brouillard dissolvant. Pourvu que je « retienne » quelque chose, car il arrive, hélas ! qu'au moment critique, épuisé par l'effort, je me rendorme, et tout sera plus tard à recommencer et Dieu sait comment.

Nouveaux, nouveaux tâtonnements, à nouveau une attention distribuée fébrilement (d'une certaine façon *placidement* aussi) en mille points de cet édifice d'os qui ne tient que par plusieurs miracles quoique la plus petite partie soit solidaire à un millimètre près des plus éloignées, à nouveau attention sur les fins appuis pédiformes, quand enfin

… enfin, et quand rien ne le faisait prévoir, quand rien ne l'amenait, vient dans la cage de l'énorme et énormément vide édifice d'os et de brume, vient en moi sans plus attendre un afflux vertical

… et dès qu'il y a afflux, je l'ai remarqué, tout change. Un autre centre apparaît, vrai celui-ci, aisé, fort, involontaire, pas travailleur, n'ayant pas besoin de travailler, sorte de *puits en l'air* qui est ma vraie vie et ma personne, et alors le gros être bouffi d'auparavant en quelques instants n'est plus. Et, comme restent dix ou douze gouttes d'une immense vapeur, il reste de l'énorme, excessive masse nuageuse, un cou, de la peau, des mains, une poitrine, moi entre des draps blancs et… qui bientôt bouge. Oh ! si peu ! Mais ce délicieusement léger, souple, à peine perceptible soulèvement m'en dit aussitôt long sur mes possibilités. Je pourrai me lever bientôt. Je suis à présent, à quelques minutes près et sans obstacles sur la route du proche avenir, je suis à présent un homme comme un autre.

Il m'arrive, mais beaucoup plus rarement, de m'éveiller (de ce demi-sommeil dont je parle) sur quatre pattes. Il me faut dans ce cas plus de temps pour revenir à la forme bipède, à cause — je pense — d'une certaine complaisance que je mets à vivre dans cet état, que je ne mets pas dans ma forme nuage. J'en serais bien empêché, si je voulais, et je craindrais trop d'y rester. Quoique, en somme… de nombreuses fois dans l'ensemble de ma vie j'en sois sorti. Mais il suffit d'une fois qu'on ne sache plus s'y prendre, et l'on y demeure à tout jamais, jusqu'à la mort.

Aussi ai-je été fasciné par le quadrupède et le multipattes beaucoup plus que l'ensemble des hommes qui ne le demeurent guère après l'âge de douze ans, tandis que je l'ai été jusqu'à l'âge de trente-cinq.

La grande partie de ma vie, je l'aurai vécue comme une galaxie.

P.-S. I. — Ceux qui font des rêves m'ont toujours paru être superficiellement endormis. Ayant peur sans doute de « perdre leur homme ».

P.-S. II. — Le matin qui suit, à jeun, je suis en équilibre ivre.

— Indéterminé —

— Incirconscrit —

Ni feuille, ni homme, rien. J'attends encore ce que va me proposer la journée — et regarde les choses qui se présentent à ma vue, comme si elles se présentaient à mon propre avenir, comme s'il m'était proposé de faire une carrière de pigeon, de feuille, de fillette, de haie, de caillou, et je ne dis ni oui, ni non.

Pas une envie précise. Je ne rejette ni pigeon, ni haie, ni cheval, ni caillou, ni fillette. Non. Je ne suis pas encore décidé.

L'après-midi, ce sera différent. Je te les bifferai bien, les chevaux, les haies, les non-moi. Pas de danger qu'ils m'avalent. Le moment est passé.

(1945)

Peindre

> Ceux qui ont déjà une forme se cristallisent grâce à la peinture. Ceux qui n'ont pas encore de forme naissent grâce à la peinture.
>
> TCHOU KING-YUAN.

Le déplacement des activités créatrices est un des plus étranges voyages en soi qu'on puisse faire.

Étrange décongestion, mise en sommeil d'une partie de la tête, la parlante, l'écrivante (partie, non, système de connexion plutôt). On change de gare de triage quand on se met à peindre.

La fabrique à mots (mots-pensées, mots-images, mots-émotions, mots-motricité) disparaît, se noie vertigineusement et si simplement. Elle n'y est plus. Le bourgeonnement s'arrête. Nuit. Mort locale. Plus d'envie? d'appétit parleur. La partie de la tête qui s'y trouvait la plus intéressée, se refroidit[1]. C'est une expérience surprenante.

Et quel repos!

Étrange émotion. On retrouve le monde par une

1. Les veines saillantes de la tempe gauche et, de ce côté, la chaleur au front sont réduites, ont presque disparu (1950).

autre fenêtre. Comme un enfant, il faut apprendre à marcher. On ne sait rien. On bourdonne de questions. On essaie constamment de deviner... de prévoir...

Nouvelles difficultés. Nouvelles tentations.

Tout art a sa tentation propre et ses cadeaux[1].

Il n'y a qu'à laisser venir, laisser faire.

Pour le moment je peins sur des fonds noirs, hermétiquement noirs. Le noir est ma boule de cristal. Du noir seul, je vois de la vie sortir.

(1938)

1. Un romancier me dit un jour, se croyant profond : « J'ai remarqué qu'il n'y a pas de descriptions d'odeurs dans vos livres. Étrange... Vous n'avez donc pas d'odorat ? » Quelle conclusion ! Moi qui suis un supplicié par le nez... Il y a des pays, des régions, des villes que je fuis à cause de l'odeur. J'oserais à peine avouer comment, avec des parfums seuls, des lieux et des personnes m'ont envoûté, asservi.

Mais en écrire, non. Trop long, trop indirect, trop peu efficace. Il est vain d'essayer. C'est d'un autre art.

Mais qu'on me donne un appareil à émettre des odeurs et à les faire vite disparaître, vous verrez si je reste passif, vous verrez comme j'en ai plein l'horizon, des odeurs, et comme en accents odorants je me vengerai de tous les fumiers du monde qui m'ont fait souffrir ma vie durant, on verra ; vraiment, je n'attends que l'appareil, je me charge de l'invasion. Bien plus que par n'importe quel moyen, il me semble que je restituerais ce que par écrits ou dessins je n'arrive jamais à faire sortir.

Ou est-ce que je me trompe ?

En pensant au phénomène de la peinture

La volonté, mort de l'Art.

Dessinez sans intention particulière, griffonnez machinalement, il apparaît presque toujours sur le papier des visages.

Menant une excessive vie faciale, on est aussi dans une perpétuelle fièvre de visages.

Dès que je prends un crayon, un pinceau, il m'en vient sur le papier l'un après l'autre dix, quinze, vingt. Et sauvages la plupart.

Est-ce moi, tous ces visages ? Sont-ce d'autres ? De quels fonds venus ?

Ne seraient-ils pas simplement la conscience de ma propre tête réfléchissante ? (Grimaces d'un visage second, de même que l'homme adulte qui souffre a cessé par pudeur de pleurer dans le malheur pour être plus souffrant dans le fond, de même il aurait cessé de grimacer pour devenir intérieurement plus grimaçant.) Derrière le visage aux traits immobiles, déserté, devenu simple masque, un autre visage supérieurement mobile bouillonne, se contracte, mijote dans un insupportable paroxysme. Derrière les traits figés, cherchant désespérément une issue, les expressions comme une bande de chiens hurleurs...

Du pinceau et tant bien que mal, en taches noires, voilà qu'ils s'écoulent : ils se libèrent.

On est surpris, les premières fois.

Faces de perdus, de criminels parfois, ni connues ni absolument étrangères non plus (étrange, lointaine correspondance !)... Visages des personnalités sacrifiées, des « moi » que la vie, la volonté, l'ambition, le goût de la rectitude et de la cohérence étouffa, tua. Visages qui reparaîtront jusqu'à la fin (c'est si dur d'étouffer, de noyer définitivement).

Visages de l'enfance, des peurs de l'enfance dont on a perdu plus la trame et l'objet que le souvenir, visages qui ne croient pas que tout a été réglé par le passage à l'âge adulte, qui craignent encore l'affreux retour.

Visages de la volonté peut-être qui toujours nous devance et tend à préformer toute chose : visages aussi de la recherche et du désir.

Ou sorte d'épiphénomène de la pensée (un des nombreux que l'effort pensant ne peut s'interdire de provoquer, quoique parfaitement inutile à l'intellection, mais dont on ne peut pas plus s'empêcher que de faire de vains gestes au téléphone)... comme si l'on formait constamment en soi un visage fluide, idéalement plastique et malléable, qui se formerait et se déformerait selon les idées et les impressions, automatiquement, en une instantanée synthèse, à longueur de journée et en quelque sorte cinématographiquement.

Foule infinie : notre clan.

Ce n'est pas dans la glace qu'il faut se considérer.

Hommes, regardez-vous dans le papier.

Comment peut-on avoir un tel sang-froid que de

faire l'exact portrait de quelqu'un et de voir un visage comme composé de traits. Un visage ! Le visage d'un homme, d'une femme me donne presque toujours un coup de Jarnac, un coup profond en mes œuvres vives[1]. Je ne sais où il me frappe ni comment. Mais ce qui vient d'être atteint en moi et réagit obscurément et avec peine, m'empêche de dominer les traits du visage qui me considéra et de me dominer assez moi-même pour les suivre et les transcrire d'un impartial dessin.

Qui sait aussi avec quel étrange des miens, ce visage d'en face se confronte en moi en tâtonnant et cherchant à être compris ?

J'arrive parfois à la reconstitution des traits, mais c'est sans intérêt véritable, m'étant tellement biffé moi-même pour arriver à ce résultat, moi et ma propre vie, que celle du portrait est par contrecoup annulée elle aussi et faite pierre.

Drôle de chose décidément que les portraits que je fais. Il y a, par exemple, en face de moi une fille folle de terreur. La photo de sa tête, qui figure dans un illustré, je l'ai observée tout un temps sans bouger.

Elle est maintenant en moi. Bon ! J'attrape le fusain et, en quelques traits écrasés, voilà mon dessin fait, sans reprise, sans hésitation. Le portrait est vivant.

Sur le moment je ne suis pas particulièrement frappé de ce que ce n'est pas elle qui est portraiturée, tant le portrait convient à la situation. Il faut quelques heures pour me décrocher, pour m'apercevoir que malgré les cheveux dans le cou, c'est un homme, indubitablement un homme qui se trouve devant moi, au front noble et philosophe, et dont la

1. C'était encore beaucoup plus vrai en mon adolescence qu'à présent.

lèvre exprime le dédain. Mépris non inhumain d'ailleurs qui s'applique admirablement à cette fille affolée, et qu'elle appelait comme son juste complément, réponse à son manque de maîtrise.

Je croyais, l'ayant bien regardée, m'être imprégné d'elle alors que je ne m'étais imprégné que de dédain pour elle, mêlé à quelque indulgence, sentiment que j'ai peint, tout empreint en moi, avec le visage un peu hautain qui convenait au sentiment.

Cet homme à cheveux longs, au grand front métaphysicien, plus je le regarde, moins j'en puis détourner les yeux : sympathique, proche surtout : le témoin.

Chesterton disait, insatisfait des peintures de paysages champêtres et des vaches dans les paysages champêtres : « Moi, ce que j'aurais voulu, c'est peindre l'âme de la vache. »

Il y a un certain fantôme intérieur qu'il faudrait pouvoir peindre et non le nez, les yeux, les cheveux qui se trouvent à l'extérieur... souvent comme des semelles.

Un être fluidique qui ne correspond pas aux os et à la peau par-dessus, que nous voyons aussitôt, amis, ennemis, amants, parents, connaissances et qui fait que nous reconnaissons aussitôt comment la personne « va » en cet instant précis, non deux minutes après, caractère enfin qui apparaît à tous les sensibles sauf, insigne malheur, précisément aux peintres.

Si donc j'aimais les Ismes et devenir capitaine de quelques individus, je lancerais bien une école de peinture, le FANTOMISME (ou le « psychologisme »).

Le visage a des traits. Je m'en fiche. Je peins les traits du double (qui n'a pas nécessairement besoin de narines et peut avoir une trame d'yeux).

Je peins aussi les couleurs du double. Ce n'est pas nécessairement aux pommettes ou aux lèvres qu'il a du rouge, mais dans un endroit de lui-même où est son feu. Je mets donc aussi, je mets du bleu au front s'il le mérite (car j'oubliais de dire que je pratique le psychologisme depuis quelque temps).

Ces couleurs sont l'âme de l'individu, font les belles, les laides, l'infinie variété des dispositions.

Sans doute de simples caricaturistes ont parfois deviné les traits réels intérieurs et, infiniment plus rares, quelques peintres (quoique avec bien d'autres soucis en tête) ont rendu quelques *couleurs* du double, mais ils ont surtout vu leur tempérament à eux ou des problèmes picturaux. Moi, ce que je voudrais, c'est *peindre la couleur du tempérament des autres*. C'est *faire le portrait des tempéraments.*

Sans doute, on trouvera que j'ai peint surtout des âmes de monstres. Cela est vrai, je les vois mieux que les autres. Cependant, par gêne, ou par une fâcheuse préoccupation d'harmonie, je suis resté au-dessous du spectacle.

Mais il vaut peut-être mieux ne pas claironner ce fantomisme et ne pas devancer sans autre matériel que l'intuition l'époque future qui le découvrira vraiment.

Car ce fantôme, ce double qu'est le tempérament et ces parcours bizarres appelés sentiments, qui ne font qu'affleurer dans la physionomie et se marquer dans des actes, un jour, un jour j'en suis persuadé et pas si loin et heureux les gaillards qui les contempleront, un jour on les verra. On verra, grâce à quelque invention, les sentiments, les émotions se former, se nouer, et leurs embrayages de proche en proche jusqu'à intéresser tout l'individu.

On verra l'amour. Hors du visage périphérique,

du bafouillage littéraire ou de l'obscène, on pourra le faire voir.

Qui ne donnerait l'Europe de maintenant ou les deux sous de gloire qu'il a gagnés pour voir ça ? Et l'on pourra observer le désespoir, le vrai, pas le désespoir-mazette des Narcisse.

Je me demande si la haine ne sera pas plus solidement architecturale que l'amour et, pour le purement spectaculaire, je parie naturellement sur la colère.

L'amour toutefois, pour y revenir, doit être bien étonnant (et la naissante antipathie aussi).

Ce choix qui se fait, inconscient, les premières fibres fluidiques qui s'inclinent et vibrent à distance dans une couleur qui les change et les dore, pendant que, franchissant l'espace, un regard jeté à la dérobée et comme sans importance décide de deux vies.

Et la volupté, si vite assommante dans les livres, et les beaux sentiments si exagérément confortables et monotones...

On verra sur quelles assises siège la bonté ou si c'est sur de fondantes gommes.

Surtout on verra la sainteté. Pourvu qu'on nous la laisse voir ! Qui ne voudrait devenir saint ensuite, après avoir contemplé l'être intérieur dans son éblouissement.

On verra : non pas moi sans doute, cloué dans ce damné XXe siècle homicide et qui ne sait ce qu'il peut.

Je vais me répéter ici, mais on ne dit jamais assez les choses importantes pour qu'on vous comprenne exactement là-dessus.

Je me remets à peindre, à peindre étendu sur mon

lit, des photos éparpillées autour de moi. Je les regarde. Je les regarde longuement, d'une certaine façon, avec sans-gêne.

Les « portraits » (?) dessinés ensuite par moi en quelques minutes n'ont aucune ressemblance de structure avec le modèle, mais parfois une autre, chargée celle-là et presque hallucinatoire.

Mais d'abord je regarde. Toujours j'ai regardé ainsi et maintenant je comprends pourquoi je ne regarde et ne suis bien vraiment que seul (avec elles) dans ma chambre : ces têtes, JE ME VAUTRE DEDANS.

Ma frénésie, secrète au début et pareille à une sorte d'endosmose, grandissant au fur et à mesure de ma participation au sujet, s'unissant à la joie du travail conquérant, grossit et me secoue, moi uni aux plus violentes (car je préfère les plus violentes), cette frénésie est une des seules où tout à coup je triomphe du pétrin et des adversités de cette année et de ma vie.

Toute neuve encore malgré la racine profonde qu'elle avait en moi, toute neuve dans sa complétude, il me semble qu'elle a noyé et englouti le cafard et la guerre et ce qui s'ensuivra.

L'énormité de la vague qui déferle en moi à cette heure ineffable est telle qu'il faut bientôt, quoique étant à l'apogée de ma vie, il faut que je m'arrête, tandis que mon cœur, comme un faux mort se réveillant dans un caveau, reparaît à mes sens, frappant à grands coups ma poitrine qui me paraît trop étroite, y jetant de grandes, d'intolérables nappes de joie.

Ô monde que je ne sentais plus qu'à peine et fuyant, tu reparais à nouveau, jaillissant ! Et moi aussitôt, tel un infirme désemparé, suis renversé en Ta Présence.

… Si je peins des têtes affolées, ce n'est pas que je sois affolé dans ces moments, ou que je me propose de m'affoler parce que pour une raison ou une autre, ça me plairait. Je commence au contraire le plus souvent dans le calme et déterminé à procéder avec calme, mais ou le papier boit trop vite, ou une tache imprévue s'est formée, ou un accident d'ordre matériel est survenu, quoi qu'il en soit, l'affolement (sentiment dans ma tendance, quoique je le tienne en respect dans l'ordinaire de la vie), l'affolement donc de voir le papier boire trop vite, ou la tache m'éloigner de mon dessein, cet affolement trouve en moi presque aussitôt l'écho de mille affolements, sortis de mon passé pas trop heureux. Résonance bientôt croissante avec les nouvelles « erreurs matérielles » que je commets dans mon énervement, et les ratures dont je ne peux m'empêcher, résonance immense et maintenant débordante de toutes parts.

Mon âme affolée perdant de vue son premier sujet se reconnaît tout à coup dans le papier noirci, reconnaît la tête affolée qui nous correspond, il n'y a plus qu'à appuyer un trait par-ci par-là. Et voilà une tête bien faite, bien malgré moi expressive, et tout autre que je ne la voyais d'abord.

Un portrait est un compromis entre les lignes de forces de la tête du dessinateur et la tête du dessiné.

Le trajet définitif est le résultat de la lutte. Certains trajets renforcés, d'autres annulés, quelques-uns détournés.

Je voudrais pouvoir dessiner les effluves qui circulent entre les personnes.

J'aimerais aussi peindre l'homme en dehors de lui, peindre son espace.

Le meilleur de lui qui est hors de lui, pourquoi ne serait-il pas picturalement communicable ?

Dans la joie, l'enthousiasme, l'amour, l'élan combatif, l'exaltation de groupe, il est hors de lui. C'est là qu'il faudrait le peindre. Même sa méfiance est autour de lui.

L'homme le plus réservé se fait encore un bain des alentours.

Que serait un « chez-soi », des murs, si on ne s'y répandait vraiment ?

Je veux encore parler de regarder, car j'ai les simples joies des dactylos et des nègres, de regarder des heures durant des photos dans des magazines. Mais je crois que ce regardement n'est pas si simple qu'on croit et j'aimerais pousser chacun à chercher de savoir réellement ce qu'il fait quand il regarde ainsi.

Et moi-même, tout en jugeant que c'est très important et capital pour le problème de la peinture et de la personne en général, je n'ai pas encore étudié à fond ce sujet et cette pleine satisfaction que j'y trouve.

La présence réelle oblige l'observateur à un certain « maintien », une politesse, une fierté, un raidissement, parfois une hostilité, une domination, enfin une intervention qui, si minime qu'elle soit, contrecarre l'abandon désirable à la dégustation d'autrui. Si l'ensemble des hommes et des femmes était sur-le-champ statufié dans leur chair, et dans l'attitude du moment, je crois que je mourrais presque de joie à parcourir le monde où je pourrais les contempler et en faire enfin cent fois le tour sans me gêner, avec la dévotion, l'impudence et la minutie du vrai contemplatif.

Je parle de ma grande et première impression. Ensuite, bien sûr, il est possible que je retombe dans les distractions, et qu'il me vienne à l'esprit une pensée morale comme on dit. Il faut même m'y attendre.

J'ai fait un rêve, il y a trois ans, vers les six heures du matin. J'y rencontrai un ami d'enfance. Il se montra très surpris que j'eusse fait, à ce qu'il avait appris, une exposition de gouaches, alors que la peinture autrefois ne m'intéressait pas, me gênait et que, comme il me le rappela, j'en détournais les yeux.

Pour le moment, il se trouve dans ma chambre étendu nonchalamment sur un divan quand, sans beaucoup de conviction, il me demande à voir de mes peintures.

C'est un ami d'enfance. Il n'est plus grand-chose pour moi. Son indifférence m'agace peut-être légèrement.

Sans me presser, je prends un carton. J'y trouve seulement des feuilles de papier blanc. Un autre : rien. Un troisième, plus petit : toujours rien que des feuilles intactes. Enfin, j'en tire à moi un grand qui contient quelques aquarelles.

Je les lui montre rapidement... Elles rappelaient d'anciens dessins à moi, en mieux du reste. Elles m'étaient inconnues... Je les observais rapidement et les montrais de même. Il ne disait rien.

Je pris un autre carton et, à ma surprise, je découvris de grandes gouaches, éclatantes et fouillées, assurément de mon genre, mais que j'eusse été complètement incapable de composer. Je les regardai béant, mon ex-ami aussi. Beaucoup de détails et plusieurs architecturaux. De la construction, d'admirables couleurs. Des sujets absolument nouveaux pour moi. Une richesse inconnue chez moi qui travaille plutôt en pauvre. Un épanouissement inattendu.

Je les admirais vite et les lui passais, n'ayant que le temps de parcourir une partie de cet extraordinaire amoncellement et mon cœur battait pleinement (pas follement, non, mais royalement bien dans ma poitrine et dans mon être satisfait).

Enfin je voyais, non plus l'esquisse fuyante, mais le monde comme je le conçois dans son étalement prolifique. Ils avaient enfin atterri sur ma feuille. J'étais donc un peintre !

Ma main tombée sur le cendrier d'une table basse me réveilla comme j'achevais de montrer cette série, et que je m'apprêtais avec triomphe, émerveillé d'avance, à ouvrir un nouveau carton.

Dix ans de peinture, et décisive, étaient là, j'en suis sûr, j'en garde encore l'impression.

★

Dans la chaleur, je suis plutôt débonnaire, vaguement velléitaire en caresses, en modelé. Mentalement, comme on dit, j'épouse les contours.

Dans le froid, tout différent. Je fonce. Mentalement, je perce, je ne tiens pas compte des surfaces.

Et je hais (pas les gens) le froid ou, dois-je dire plutôt, j'attaque. À condition que je maintienne cette haine (ou attaque) je ne prends pas froid. Mais si j'entre stupidement dans un de ces endroits tièdes et confortables comme sont certains cafés, je me lâche et la grippe, toujours prête, prend livraison.

Mon salut est dans l'hostilité. Le difficile est de la garder. Il me faut me recueillir souvent, pour retrouver le voltage. Mes accus, il y en a de meilleurs.

★

Les montagnes et les visages sont les seuls objets que de tout temps j'aie regardés attentivement, irrésistiblement, en les accompagnant en esprit, en les fixant, aimanté rêveusement et sans savoir pourquoi.

Les visages en sont souvent gênés. Les montagnes, pas. Pas que je sache.

★

Dommage que les renseignements qu'on obtient sur les autres soient si insuffisants, suspects, trompeurs et qu'il faille toujours en revenir à l'observation de soi, comme à la matière première la mieux observable, la plus vaste, la plus souvent vérifiable, la plus permanente, malgré tout son instable, la moins capable de duper longtemps du tout au tout, quoiqu'elle y arrive encore trop souvent.

Hélas ! Pas moyen de changer de capital.

Ah, s'il était possible d'être un jour dans le corps d'un autre. Il ne faut pas y songer. Et l'échange des mensonges se poursuit entre hommes, avec sérénité.

★

Je dessinais un combat de boxe. Je dus abandonner : palpitations, nausées. À mesure que je portais des coups au corps des boxeurs et qu'intérieurement je prenais élan pour ces coups, qui pourtant n'aboutissaient qu'à des traits de crayon et sur une petite surface (quoique je la sentisse considérable et pas en papier) mon cœur se fatiguait, flanchait. Il fallut m'étendre : toujours cette maudite pompe à sang mal construite en ma poitrine.

Trop bête. Quand enfin j'avais un dessin démodelé, uniquement en gestes et en élans, comme je le voulais.

Il faudra que j'essaie à nouveau, un jour que je serai bien d'aplomb, s'il n'y a pas moyen de franchir ma barrière cardiaque.

★

Le « flash », les couleurs qui filent comme des poissons sur la nappe d'eau où je les mets, voilà ce que j'aime dans l'aquarelle.

Le petit tas colorant qui se désamoncelle en infimes particules, ces passages et non l'arrêt final, le tableau. En somme, c'est le cinéma que j'apprécie le plus dans la peinture.

Des papiers qui boivent, beaucoup, follement, persévéramment, profondément, voilà qui me parle plus que les couleurs, que je ne fais d'ailleurs qu'y jeter comme appâts, comme révélateurs, comme masses à dépoitrailler.

Le plus souvent, le plus naturellement, je mets du rouge. En effet, qu'est-ce qui se répand plus facilement que le sang ?

★

Bien finie l'époque où j'avais d'un côté une photographie, de l'autre ma feuille à dessin.

C'est ma colère, ma joie, ma peur, leurs souvenirs, qui maintenant des heures durant défilent devant moi.

À peine une aquarelle est-elle faite (en dix à quinze minutes), voilà que j'étale une nouvelle feuille de papier sur ma planche, et avec beaucoup d'eau, les couleurs, les rouges surtout, pour crier, crier malheur, crier détresse, crier délire, crier tout ce qui crie à ce moment et veut se jeter au-dehors (qui n'est pas nécessairement à moi...).

Ce que c'est? Eh, cela vient en criant, voilà ce qui m'importe.

Comme j'ai le cœur léger après tout cela, malgré l'épuisement!

Quel bien je me suis fait! Si je pouvais faire à d'autres seulement la moitié du bien que je me fais, je n'aurais pas de gêne à aller fréquenter le monde. Qui peut donner cela ne peut être mal reçu.

Je partirais avec la conscience paisible d'un bon médecin.

Hélas! c'est intransmissible.

★

Eau de l'aquarelle, aussi immense qu'un lac, eau, démon-omnivore, rafleur d'îlots, faiseur de mirages, briseur de digues, débordeur de mondes...

Je vois avec une joie secrète d'abord, mais de plus en plus évidente, cette dérivation de la ligne de mon dessin, dans l'eau et l'infiltration qui gagne partout.

Cette soustraction qui ressemble si bien à la conduite de ma vie, cette trahison instantanée, ce lâchage qui ne fait que s'accentuer et me désemparer, ici me fascine au contraire et me ressuscite à moi-même, par cette réussite de l'instantané et progressif quiproquo, embrouillant absurdement mes traits d'abord sûrs, qui partent à la nage de tous côtés, entraînant mon sujet vers un flou qui ne cesse de se dilater, ou de déraper, surface de dissolution[1], de divergence et de distorsion, en route vers une re-absurdité qui me laisse béant sur la rive.

La gouache résiste davantage à l'eau. Elle fait son petit mortier contre les évanescences qui la guettent. Elle tente de respecter les intentions de l'auteur, du respectable auteur !

Ne me convient pas.

★

Les yeux incendiants du destin me regardent, tandis que mon attention catapultée au-dehors sur le sang qui ruisselle, essaie d'avancer sur la corde raide du sang-froid et de la vérification et par-dessus le précipice mobile de me maintenir.

Les yeux incendiants du destin me regardent, sans faire signe, me regardent faire, me regardent étaler et montrer le désastre que je ne comprends pas.

Un sphinx douloureux, son regard insoutenable me pose une question. Une incompréhensible question. Mais je continue, pendant que les gestes de feu tournoient.

Malheur à qui est transporté ! Vifs les dehors, abasourdi le dedans.

★

Quand je commence quelque chose de nouveau, quand j'embraye vraiment, les lendemains sont beaux.

1. Et la peinture faite, terminée, est encore dans les premiers jours rongée par le fond qui la dévore, et paraît ne pas vouloir la laisser.

D'abord, une nuit différente. Les images de rêve habituellement faibles et sitôt oubliées qu'arrivées, les images se présentent admirables. Je les regarde. Quel spectacle ! Et le bien qu'elles me font ! Et la couleur qu'elles ont !

Le matin, au réveil, le monde est lavé. Les coussins de la santé me soulèvent. J'ai de nouveaux reins.

Cela va durer quelques jours, puis atténuation, puis nouvelle atténuation (mais avec l'ensemble du moi plus à l'aise, trop à l'aise peut-être. Il faudra le torpiller dans quelque temps), un nouveau *modus vivendi* est installé, secret encore, qui échappe à tous. J'ai fait une nouvelle infidélité à moi-même.

Hier je l'ai trouvée, cette fois, la peinture à l'huile (quoique annoncée, la trouvaille, cinquante fois, et cinquante fois dupé ; mais il n'y avait pas de « bon lendemain »).

Cet élément pâteux, collant (tout ce que je déteste dans les choses et les hommes et les femmes : la colle), eh bien cette fois, je sais que je vais en tirer quelque chose. On peut même rester quelque temps sans rien faire. Je sais que c'est là. *On s'attend...*

. . . .

Mais bientôt allergie aux vernis, à la térébenthine, à l'essence, et voilà une nouvelle barrière qui s'élève entre nous.

(1946)

Lecture

Les livres sont ennuyeux à lire. Pas de libre circulation. On est invité à suivre. Le chemin est tracé, unique.

Tout différent le tableau : immédiat, total. À gauche, aussi, à droite, en profondeur, à volonté.

Pas de trajet, mille trajets, et les pauses ne sont pas indiquées. Dès qu'on le désire, le tableau à nouveau, entier. Dans un instant, tout est là. Tout, mais rien n'est connu encore. C'est ici qu'il faut commencer à LIRE.

Aventure peu recherchée, quoique pour tous. Tous peuvent lire un tableau, ont matière à y trouver (et à des mois de distance matières nouvelles), tous, les respectueux, les généreux, les insolents, les fidèles à leur tête, les perdus dans leur sang, les labos à pipette, ceux pour qui un trait est comme un saumon à tirer de l'eau, et tout chien rencontré, chien à mettre sur la table d'opération en vue d'étudier ses réflexes, ceux qui préfèrent jouer avec le chien, le connaître en s'y reconnaissant, ceux qui dans autrui ne font jamais ripaille que d'eux-mêmes, enfin ceux qui voient surtout la Grande Marée, porteuse à la fois de la peinture, du peintre, du pays, du climat, du milieu, de l'époque entière et de ses facteurs, des événements encore sourds et d'autres qui déjà se mettent à sonner furieusement de la cloche.

Oui, tous ont quelque chose pour eux dans la toile, même les propres à rien, qui y laissent simplement tourner leurs ailes de moulin, sans faire vraiment la différence, mais elle existe et combien instructive.

Que l'on n'attende pas trop toutefois. C'est le moment. Il n'y a pas encore de règles. Mais elles ne sauraient tarder...

(1950)

Premières impressions

Ne m'étant pas, enfant, prêté à jouer avec le sable des plages (manque désastreux dont je devais me ressentir toute la vie), il m'est venu, hors d'âge, le désir de jouer et présentement de jouer avec les sons.

Oh! Quelle étrange chose au début, ce courant qui se révèle, cet inattendu liquide, ce passage porteur, en soi, toujours et qui était.

On ne reconnaît plus d'entourage (le dur en est parti).

On a cessé de se heurter aux choses. On devient capitaine d'un *FLEUVE*...

On est pris d'une étrange (et dangereuse) propension aux bons sentiments. Tout est pente. Les moyens déjà sont paradis.

On ne trouve pas les freins; ou pas aussi vite qu'on ne trouve le merveilleux...

On met en circulation une monnaie d'eau.

Comme une cloche sonnant un malheur, une note, une note n'écoutant qu'elle-même, une note à travers tout, une note basse comme un coup de pied dans le ventre, une note âgée, une note comme une minute qui aurait à percer un siècle, une note tenue à travers le discord des voix, une note comme un avertissement de mort, une note, cette heure durant
m'avertit.

Dans ma musique, il y a beaucoup de silence.
Il y a surtout du silence.
Il y a du silence avant tout qui doit prendre place.
Le silence est ma voix, mon ombre, ma clef... signe sans m'épuiser, qui puise en moi.
Il s'étend, il s'étale, il me boit, il me consomme.
Ma grande sangsue se couche en moi.

★

Quand rien ne vient, il vient toujours du temps,
du temps,
sans haut ni bas,
du temps,
sur moi,
avec moi,
en moi,
par moi,
passant ses arches en moi qui me ronge et attends.

Le Temps.
Le Temps.
Je m'ausculte avec le Temps.
Je me tâte.
Je me frappe avec le Temps.

Je me séduis, je m'irrite...
Je me trame,
Je me soulève,
Je me transporte,
Je me *frappe* avec le Temps...

Oiseau-pic.
Oiseau-pic.
Oiseau-pic.

★

Qu'est-ce que je fais ici ?
J'appelle.
J'appelle.
J'appelle.
Je ne sais qui j'appelle.
Qui j'appelle ne sait pas.
J'appelle quelqu'un de faible,
quelqu'un de brisé,
quelqu'un de fier que rien n'a pu briser.
J'appelle.
J'appelle quelqu'un de là-bas,
quelqu'un au loin perdu,
quelqu'un d'un autre monde.
(C'était donc tout mensonge, ma solidité ?)
J'appelle.
Devant cet instrument si clair,
ce n'est pas comme ce serait avec ma voix sourde.
Devant cet instrument chantant qui ne me juge pas,
qui ne m'observe pas,
perdant toute honte, j'appelle,
j'appelle,
j'appelle du fond de la tombe de mon enfance qui boude et se contracte encore,

du fond de mon désert présent,
j'appelle,
j'appelle.
L'appel m'étonne moi-même.
Quoique ce soit tard, j'appelle.
Pour crever mon plafond sans doute surtout
j'appelle.

★

Pourquoi faut-il aussi que je compose ?
Pour briser l'étau peut-être,
pour me noyer peut-être,
pour me noyer sans m'étouffer,
pour me noyer mes piques,
mes distances, mon inaccessible.
Pour noyer le mal,
le mal et les angles des choses,
et l'impératif des choses,
et le dur et le calleux des choses,
et le poids et l'encombrement des choses,
et presque tout des choses,
sauf le passage des choses,
sauf le fluide des choses,
et la couleur et le parfum des choses,
et le touffu et la complicité parfois des choses,
et presque tout de l'homme,
et tellement de la femme,
et beaucoup, beaucoup de tout
et de moi aussi
beaucoup, beaucoup,
beaucoup
... pour que passe enfin mon torrent d'anges.

Peu ici compose.
Tout le contraire,

m'y décompose,
en paix, en fluide, m'y décompose.
Mes pierres, ma dent y décompose,
mon obstiné résistant y décompose
et m'étends,
et m'étends à la peine des autres.
Lâchant tout respect humain,
je calme, je console, je guéris,
je ressuscite la morte,
j'ouvre les portes,
j'avance pour bénir,
je parle au nom de tous.
Arc-en-ciel.
Plus de procès.
Je plante l'arbre à pain.

★

Marquée par la cassure d'un mal profond, une mélodie, qui est mélodie comme un vieux lévrier borgne et rhumatisant est encore un lévrier, une mélodie

Sortie peut-être du drame du microséisme d'une minute ratée dans une après-midi difficile, une mélodie défaite, et retombant sans cesse en défaite

Sans s'élever, une mélodie, mais acharnée aussi à ne pas céder tout à fait, comme retenu par ses racines braquées, le palétuvier bousculé par les eaux.

Sans arriver à faire le paon, une mélodie, une mélodie pour moi seul, me confier à moi, éclopée pour m'y reconnaître, sœur en incertitude

Indéfiniment répétée, qui lasserait l'oreille la plus acquiesçante, une mélodie pour radoter entre nous, elle et moi, me libérant de ma vraie bredouillante parole, jamais dite encore

Une mélodie pauvre, pauvre comme il en faudrait au mendiant pour exprimer sans mot dire sa misère et toute la misère autour de lui et tout ce qui répond misère à sa misère, sans l'écouter

Comme un appel au suicide, comme un suicide commencé, comme un retour toujours au seul recours : le suicide, une mélodie

Une mélodie de rechutes, mélodie pour gagner du temps, pour fasciner le serpent, tandis que le front inlassé cherche toujours, vainement, son Orient

Une mélodie...

★

On le prend sur le fait, le changement ruisselant des humeurs.

Tout à coup, la joie est là, révélée, avant qu'on l'ait sentie. Il ne faut plus que la reconnaître. Mais quelques minutes plus tard, sans se briser, elle ralentit, s'immobilise en quelque embrouillamini, où elle trouve une attache forte et dont elle ne peut se défaire, rôdant autour sans profit. Cependant à l'embarras il y a une fin, la voilà repartie, insouciance, joie. Mais, qu'est ceci ? Tristesse ? De qui ? Pourquoi ? Sur quels sujets brusquement si nombreux, enfermant l'horizon ?

Lentement, une mélancolie, traversant une mélancolie, rencontre plus loin une mélancolie qui se fond et se rallonge en une nouvelle mélancolie. Les chars sont embourbés. Tout afflige. Tout « repousse ». Mélancolie ne désemplit plus.

Plus souvent on est dans l'hésitation, hésitation dont on aurait tort de vouloir sortir prématurément. À elle de savoir. Le trouble trop grand, dessous, qu'elle ne peut encore rendre, à elle de le fixer, à la musique sous les doigts. Elle sera la première informée.

Comme un enfant rêveur, se fourrant les doigts dans le nez, pensif d'un grand problème, mûr de cinquante autres, jette des pierres dans l'eau pour les grands cercles ensuite qui vont s'étendre, s'étendre...

jouant, et mes doigts jouant avec mon ignorance, ma grande, bonne, vraie compagne de toute ma vie, mon ignorance, mon appui, mon intérieur, ou formant sans insister une lente chaussée d'îles...

fatigué d'images, je joue pour faire de la fumée.

★

Contre les bruits, mon bruit. Ce bruit alors repousse tous les autres, ceux du moment, ceux d'avant, ceux de toute la journée, les ramassant par un prodige inouï

en un néant parfait, un soulagement total.

À mesure que la nuit avance et que dans les sons mon moi s'engage, sous le toit bienveillant de l'obscurité, les amis, le sentiment de la présence des amis qu'on garde comme une protection après leur éloignement, le souvenir des rencontres, des incidents qui ont compté dans la journée, qui un instant avaient resurgi faiblement en écho, s'estompent, se raréfient. Il n'en vient plus.

Je demeure seul, abandonné des miens, si peu miens maintenant.

Personne, plus personne.

Mon navire brise-silence avance seul dans la nuit.

★

Quand je reviens de voyage, quoique ayant songé à lui[1] bien souvent dans mes heures de mauvaise humeur et de faim d'autrui, je suis d'abord quelque temps à coqueter avec mon désir, n'allant pas directement à lui, ni même le regardant.

Après des dizaines et des dizaines de minutes seulement, après avoir lancé un coup d'œil comme à demi indifférent, et découvert avec flegme puis refermé l'instrument, tout à coup de désir plein, trop longtemps retenu, je m'y jette, je m'y rue (n'ayant pas depuis longtemps un piano, je dois avoir encore la peur de le perdre et de ne plus en avoir jamais), cette fois je ne me retiens ni des doigts ni du cœur, je m'allonge par-dessus les touches d'où émane la nappe sonore, je m'y trempe, je m'y masse, je m'y dénoue et m'y noie.

Cette fois, c'est bien le retour.

Quand je fus pour louer cet instrument un peu méprisé, je ne pensais pas à lui comme compagnon. Mais le fait est là. Il l'est devenu.

J'ai peur parfois de lui, devenu si nécessaire.

Compagnon qui ne me regarde pas, qui ne m'évalue pas, qui ne prend pas de note, qui ne garde pas de trace, compagnon qui n'exige pas, ne me fait rien lui promettre.

Tout si simple avec lui.

J'approche. Il est prêt.

Je souffre. Il fait le chant.

J'apporte l'obsession, la gêne, l'oppression :

Il fait le chant.

J'apporte la situation sans remède, le vain déploiement des efforts, le ratage de tout avec la mesquine-

1. Mon piano.

rie, les précautions emportées par le vent, par le feu, par le feu, par le feu surtout :

Il fait le chant.

J'apporte l'inondation de sang, le braiment des ânes contre la paix, les camps, le travail forcé, la misère, les emprisonnés de la famille, les choses à demi, les amours à demi, les élans à demi et moins qu'à demi, les vaches maigres, les hôpitaux, les interrogatoires de police, les lents mourants dans les bleds perdus, les amers vivants, les foutus, ceux qui dérivent avec moi sur la banquise folle :

Il fait le chant.

Je pousse tout pêle-mêle, ne sachant ce que j'apporte, de qui, pour qui, qui parle dans le panier de plaies :

Lui fait le chant

Lui fait le chant.

★

Il se peut fort bien que je ne continue pas longtemps, fatigué un jour de… ces improvisations qui ne deviennent pas des œuvres.

Il ne faudrait pas que jamais j'oublie. J'étouffais. Je crevais entre les mots.

J'étais paralysé devant les murs. Ce n'est plus pareil maintenant. Ce ne sera plus jamais pareil.

J'ai connu mon plancton. Je l'ai entendu ! Je sais qu'il est là, maintenant, qu'on le remarque ou non, masse de mouvements flottants sans fin, nourriture océanique d'apaisement.

Les races les plus dures, sur la flûte ont été élégiaques. Leur fierté, là, c'est comme si elle n'était pas engagée. Les guerriers peuvent pleurer. Les razzieurs de troupeaux, les violeurs de femmes peuvent s'attendrir.

Pas besoin de se justifier. Et on peut aller jusqu'au bout sans ridicule.

Un poème aurait vendu la mèche dix fois et la prose rend tout ignoble.

Mots, mots qui viennent expliquer, commenter, ravaler, rendre plausible, raisonnable, réel, mots, prose comme le chacal.

Autrefois, je croyais la peau de tambour nécessaire. Je vois bien que non maintenant. N'importe quel bois fait l'affaire sur quoi les doigts, la main peuvent taper. Vite, plus vite, moins vite, lentement, très lentement. Toute vie ramenée à ça. Mesure de quoi ? On ne sait. À tout hasard, on se prépare une respiration nouvelle pour un événement capital, pas apparu encore, pour un nouvel aiguillage ou une grande expérience ou un désastre sans recours, où il faudra qu'elle soit ample et lente pour méditer sagement hors de l'horreur et résister à la vaine envie de vouloir encore redémarrer...

★

On me poussait à enregistrer. Depuis un an que je possède l'appareil, je l'ai plutôt boudé. Le foret à surveiller, le disque à surveiller, le disque à changer après trois minutes, ce foret à resurveiller, le sillon à surveiller pendant qu'on joue, penser que ça fait un morceau quand justement on n'aime pas les morceaux, mais les répétitions, les longueurs, le petit bonhomme de chemin, et pas de chemin, revenir, revenir à la même chose, être litanie, litanie comme la vie, être longtemps avant de finir, ne pas tellement se décider à faire musique d'homme et surtout pas de compositeur, et surtout pas d'Occidental et plutôt faisant musique de moineau, de moineau pas très décidé, perché sur une branche, de moineau qui essaierait d'appeler un homme...

★

Entendu hier musique espagnole. Ne me dit plus rien. Musique pour se réjouir ou se lamenter ensemble quelques-uns. En somme, pour se distraire.

Ce que je voudrais (pas encore ce que je fais) c'est musique pour questionner, pour ausculter, pour approcher le problème d'être.

★

Le mal, c'est le rythme des autres.

Pourquoi je joue du tam-tam[1] maintenant?
Pour mon barrage
Pour forcer vos barrages
Pour franchir la vague montante des nouveaux empêcheurs
Pour m'ausculter
Pour me tâter le pouls
Pour me précipiter
Pour me ralentir
Pour cesser de me confondre avec la ville avec EUX avec le pays avec hier
Pour rester à cheval

Contre Versailles
Contre Chopin

1. Je devrais dire plutôt tambour africain.

Contre l'alexandrin
Contre Rome
Contre Rome
Contre le juridique
Contre le théologique
Contre Rome
Tam-tam à la critique
Tam-tam broiement
Tam-tam toupie
debout le dos tourné à la tombe
sans dynastie sans évêché
sans tutélaires sans paralyseurs
sans caresses sans s'incliner
Tam-tam de la poitrine de la terre
Tam-tam des hommes le cœur semblable à des
coups de poing
Contre Bossuet
Contre l'analyse
Contre la chaire de Vérité
Pour casser
Pour contrer
Pour contrecarrer
Pour pilonner
Pour accélérer
Pour précipiter
Pour jeter à bas
Pour quitter le chantier
Pour rire dans le brasier
Pour dévaler
Pour dévaler
Contre la harpe
Contre les sœurs de la harpe
Contre les draperies
Pour dévaler
Pour dévaler

Pour dévaler
Pour dévaler

Contre le Nombre d'Or.

(1949)

Observations

Bien sûr, je ne voudrais pas dire que je danse, moi qui ne sais même pas marcher[1], mais j'ai fini par être intrigué (pas trop tôt !) par les mouvements, par l'influence que pourraient avoir sur moi des mouvements.

C'est alors que j'ai remarqué la chose : Il y a un homme gauche qui ne veut rien savoir de mon homme droit et ne veut pas de son savoir-faire… malgré l'utilité que ça présenterait.

Depuis longtemps je l'observais, pas enchanté du tout, qui[2] n'était même pas capable de tourner la

1. C'est la faute de cette gymnastique occidentale aux gestes mécaniques, qui écartent de soi. Nos gens ne souffrent donc pas de s'éloigner d'eux ? Ma foi, non. Ça les excite même. Et leurs danses vont encore plus « au-dehors ».

Que n'ai-je connu plus tôt la danse de l'Hindou, danse qui se garde bien de le décentrer, de l'éloigner de lui-même.

L'œil, le cou, les doigts, plutôt que les excentriques jambes, font presque tous les mouvements, les mouvements de la pensée, les mouvements pour n'être pas multiple, en pièces et à la débandade, pour n'être pas distrait, les mouvements pour ne pas se désunir.

2. Déjà, au piano, je l'avais remarqué ; avec accablement. Nous ne sommes pas du tout accordés (main gauche à main droite), une main de bébé (la gauche) joue avec une main de géant (pour la force relative).

clef dans la serrure. Manque de force, pensais-je, sans plus. Puis j'ai voulu lui donner sa chance, voir ce qu'il lui plairait de faire, car j'avais constaté que pour les mouvements, il ne faisait même pas l'ébauche des mouvements du droit (bras et mains), il avait tout du traînard et quelque chose d'autre.

C'est qu'il avait un tout autre style, qu'il a montré quand il a commencé à se dégourdir et à prendre confiance, mais encore faiblement.

Le droit, il tendrait facilement au brillant, un brillant qui ne va pas loin sans doute, un brillant quand même. Il veut montrer sa vitesse, ses retournements, son démarrage, sa vivacité toute relative.

Le gauche, eh bien, à part qu'il est empoté (il le sera moins dans quelque temps), il est rêveur, hésitant. Il aurait sa grâce. Peut-être il l'aura. Une certaine tendance au recul (comme moi) et une certaine façon d'être intérieur, quoique comme tout bras, forcément à l'extérieur. Évidemment, je m'y suis pris réellement un peu tard.

Si on avait voulu me mater, c'est mon homme gauche surtout qu'il eût fallu changer, le soumettre au sport, le forcer à sortir de la coquille, le dépersonnaliser.

Ma réserve disparaissant entrait dans le jeu (leur jeu), dans l'action, dans la série et on m'« avait », je devenais social, « d'équipe », « de masse ». J'ai échappé grâce à ma paresse.

Je suis un peu surpris que les gens ne donnent pas plus de renseignements sur leur homme gauche et sur leur homme droit. Cela tient sans doute à ce qu'ils n'ont pas tenté de les faire manœuvrer, vivre à part l'un de l'autre, en individus, ce qu'il faut essayer.

Ne serait-ce que pour se défatiguer (en défatiguant le droit), les mouvements du gauche sont une surprise à connaître.

★

J'écris pour me parcourir. Peindre, composer, écrire : me parcourir. Là est l'aventure d'être en vie.

En somme, depuis plus de dix ans, je fais surtout de l'occupation progressive[1].

Ne considérez pas plus de gens que vous n'avez en vous de personnes avec qui les confronter.

Qui observe ? On ne peut que comparer.

Vous aimez quelqu'un, vous l'admirez ? Essayez plutôt de produire en vous ce qui paraît si extraordinaire en l'autre.

Créez un nouveau circuit (ou un équivalent).

Toute faculté non employée enténèbre les autres facultés. Toute activité qu'on s'est refusée, tout acte qu'on pouvait commettre, empêtre la conduite entière, revient frapper à la porte continuellement.

Les amis fidèles sont souvent un encouragement à rester aussi borné le lendemain que vous l'étiez la veille.

C'est l'inconvénient du confort, du réconfort.

★

Combien d'araignées sont mortes, desséchées, attendant des mouches succulentes qui voltigèrent tout près, tout près, mais pas assez près néanmoins, et sont tombées pour finir, grises, légères, délicates,

1. Mais tout n'est pas avantage pour le chercheur. Plus il trouve, moins il a de temps pour connaître sa nouvelle ignorance.

que la vie n'a pas entretenues et qu'elle eût entretenues laides et déplaisantes, vulgaires.

★

Des soucis, toujours des soucis! Comment équiper la lune? Prix de l'équipement. S'il est possible de rendre l'opération rentable. Le fret de retour, etc... etc...

★

Modelage : comment s'habituer à cette maudite sale terre qui tient aux mains? Non, jamais je ne m'y ferai. Tout de même, il y a ce plaisir, quand on modèle une tête, de fermer des yeux qui vous regardaient! Définitivement, sans une protestation, l'œil disparaît dans la terre. C'est un geste qu'on a du mal à ne pas répéter.

★

Vérifié cinquante fois : me trouvant à la campagne, en mer, à l'étranger, il y a chute dans mon assurance. Alors j'ai envie de lire de l'anglais, langue fuyante. Le français m'est devenu à moitié étranger, culotté, outrecuidant presque. Je ne suis plus à sa hauteur.

Quelle langue aurai-je envie d'entendre à mon lit de mort, je me le demande, si j'ai un lit et un peu de recueillement. N'y comptons pas. Ce sera encore une heure de ratée, je parie.

★

Il sera beaucoup plus agréable de voyager en Suisse quand on disposera de la contre-pesanteur.

Ces grands précipices, voilà où il fera bon se jeter, s'arrêtant de tomber juste avant de se fracasser le crâne et reprenant de la hauteur pour revenir à la surface, émerger, s'acoquiner avec une crête et puis redégringoler et remonter, et replonger et...

On peut déjà se procurer un fiacre en attendant, je veux dire un hélicoptère, et apprendre, depuis vingt mille ans qu'on le cherchait, à vadrouiller et musarder entre les pentes et les pics.

★

Quand les autos penseront, les Rolls-Royce seront plus angoissées que les taxis.

★

Sincère ? J'écris afin que ce qui était vrai ne soit plus vrai. Prison montrée n'est plus une prison.

★

On n'arrive pas à faire compter les chiens, à les faire lire, ou écrire. Mais en quelques séances, par des moyens simples, bien étudiés, on arrive à les rendre fous.

Faute de mieux, voilà un nouveau commun dénominateur.

Quoi qu'on dise, ça rapproche. On ne rend pas un cèdre fou[1].

1. On arrive depuis peu à rendre folles des fourmis. L'espoir grandit. (*London linnean Society*, 1950.)

★

Un écrivain, il semble, n'a pas besoin de plus d'un sentiment majeur. Amour, ou envie, ou peur, avec les ligatures profondes et multiples d'un bon complexe de base, avec ça il peut aller. Mais il lui en faut un. Sur cette onde il module les autres et tout son univers. C'est *le sentiment porteur.*

L'expérience a prouvé mille fois que pour un envieux, s'il veut exprimer l'amour, l'amour ne passera que « modulé » par l'envie. Et la haine dans une nature amoureuse ne prendra force et vie que sur l'onde d'amour. Elle seule est porteuse et capable de la « porter » et de la faire porter. Autrement, elle serait notation sans importance.

Un écrivain est un homme qui sait garder le contact, qui reste joint à son trouble, à sa région vicieuse jamais apaisée. *Elle* le porte.

★

Je connais si peu mon visage que si l'on m'en montrait un du même genre je n'en saurais dire la différence (sauf peut-être depuis que je fais mon étude des visages).

Plus d'une fois, à un coin de rue rencontrant une glace à un magasin, qui veut vous faire cette surprise, je prends pour moi le premier venu, pourvu qu'il ait le même imperméable ou le même chapeau, je sens pourtant un certain malaise, jusqu'à ce que passant à mon tour dans le reflet de la glace, je fasse, un peu gêné, la rectification.

Mais le visage est un peu plus loin reperdu. J'ai cessé depuis vingt ans de me tenir sous mes traits. Je n'habite plus ces lieux. C'est pourquoi je regarde facilement un visage comme si c'était le mien. Je l'adopte. Je m'y repose.

Aussi, lorsque à un arrêt de métro, car cela m'arrive surtout là, le visage contemplé (ou, dois-je dire, accepté), s'en va avec le corps, je me sens plus que triste : *dépossédé* et sans visage. Il vient de m'être arraché. Si ce n'était qu'amour ! C'est ma figure qu'on m'a prise. Où vais-je maintenant en trouver une, de la journée ? Elle (si c'est une femme) est partie sur un parfait quiproquo.

★

Poussées.

L'écriture pousse en vous plutôt le mythomane, la musique plutôt le sentimental, les beaux-arts, l'amateur de formes.

On peut ne pas se laisser pousser. Mais la poussée est là et, jusqu'à présent, une orange a plus de facilité à paraître dans un tableau que dans une fugue.

La succession, la construction-destruction est appréciée en musique. Il y a plusieurs genres musicaux qui y gagnent leur réputation.

Mais si un architecte construit un château, en le détruisant aussitôt après, même avec des gradations très savantes et originales dans la destruction et la ruine, personne n'appréciera. De même dans un tableau on a coutume, pauvrement, de se contenter de l'état final.

Aussi des artistes de génie existent peut-être, qu'on ne découvrira que par le cinéma, dans un nouveau genre d'architecture uniquement à filmer, artistes capables de monuments et d'œuvres inouïs « dans le temps », défaits à mesure en de magnifiques « retombées ». Des bâtisseurs viendront, de villes fantastiques, bientôt croulantes et retournées au néant, mais dont les passages resteront dans toutes les mémoires.

Les arts se plaisent encore beaucoup dans leurs servitudes.

★

Penser ! Plutôt agir sur ma machine à être (et à penser) pour me trouver en situation de pouvoir penser nouvellement, d'avoir des possibilités de pensées vraiment neuves.

Dans ce sens, je voudrais avoir fait de la pensée expérimentale.

J'en ai conscience, c'est surtout un « je voudrais ».

★

Chacun est extraordinaire. Il est seul à s'en apercevoir. Découragement ! Enfin, il finit par s'y faire... puisque personne d'autre que lui ne le remarque.

Mais voilà que dix, quinze ans passent et quelqu'un d'autre, également, le trouve extraordinaire. Merveille. Être aimé. Et l'autre aussi, comme c'est étrange, justement l'autre aussi est extraordinaire, unique, vraiment unique. On n'eût pu l'imaginer... et elle est, naturellement, belle, mais surtout unique, unique.

Amour ! Il est soulagé du poids de sa personne, du poids de sa vie, de ses journées, de ses occupations et soulagé de la propriété à la fin lassante de sa personne.

Quelle merveille ! Qu'est-ce qui ne va pas arriver ? Plus rien n'est impossible. Il atteint sans effort le haut du monde.

. . . .

Dans la suite, tout d'un coup, ce poète souvent doit apprendre beaucoup de prose…

★

Quand vous avez mal, il y a la souffrance du mal, il y a aussi le déséquilibre. Trouvez donc un deuxième mal, un qui s'y oppose, comme un deuxième seau à porter. Quand on vous torture une dent, vous pincer le bras. Quand on vous incise le pouce, vous mordre la langue. Ce ne sont que petites tentatives d'instinct. Une bonne étude des souffrances équilibrantes n'a pas été faite, que je sache. Il y a pourtant déjà quelque temps que l'humanité souffre.

Pour les souffrances morales, il y a un peu plus d'instructions dans ce sens ! Quoiqu'il y ait des sots qui cherchent à un malheur le contrepoids non d'un autre malheur, mais du bonheur !

★

Mes pays imaginaires : pour moi des sortes d'États-tampons, afin de ne pas souffrir de la réalité.

En voyage, où presque tout me heurte, ce sont eux qui prennent les heurts, dont j'arrive alors, moi, à voir le comique, à m'amuser.

Mes « Emanglons », « Mages », « Hivinizikis » furent tous des personnages-tampons suscités par le voyage. (Plume disparut le jour même de mon retour de Turquie où il était né.)

Quand il m'arrivait autrefois un coup dur, je n'étais embarrassé que le temps très court où j'avais à faire face, seul. Dès que j'avais trouvé un personnage (que j'avais « reculé » en lui), j'étais tiré d'embarras, de souffrance (du moins du plus gros, du plus intolérable). À toi maintenant ! C'est pourquoi le pays étranger était une occasion, une provocation à personnages, auxquels dès lors je remettais l'affaire, celle de jouir et de souffrir, des gens et des choses étrangères et hostiles. Eux-mêmes étaient composés pour s'en ficher un peu et remuer tout sens dessus dessous. Ainsi les mages (du *Pays de la Magie*) furent commencés le lendemain de mon arrivée à Rio de Janeiro, me séparant si bien de ces Brésiliens, avec qui je ne trouvais pas le contact (leur intelligence caféinée, tout en réflexes, jamais en réflexions), que je pourrais presque dire, malgré le temps passé là-bas, que je n'en ai pas rencontré.

★

Dans un siècle, il y a des idées en l'air, idiotes, mais qui demandent à sortir, pour en bousculer d'autres, plus idiotes, désuètes, inutilisables, qui encombrent.

Il faut savoir qu'à une époque, quoiqu'il y ait une sorte de mouvement brownien de bribes d'idées à sa surface de cafés, cours, salons où il n'y a qu'à prendre, les principaux agités se partagent la besogne de sentir, mais surtout celle d'écrire, et de donner son accent à tel ou tel nouvel aspect de l'époque.

Aussi est-il très important, quand il y a de ces idées en l'air, que quelqu'un se décide, pour la mise en tas.

On attend l'intelligent imbécile.

On languissait déjà depuis pas mal de temps, quand enfin quelqu'un se dévoua. Ce fut un cri de partout, contre et aussi pour. Il surclassa aussitôt de très insuffisants pontifes, d'ailleurs trop mûrs déjà pour saisir une bonne idiotie à l'état naissant, dynamique.

Les « pour » étaient aux anges. Les « contre », pas

moins, quoique scandalisés. Le nouvel appel d'air décrassait les gorges.

Ils croyaient enfin, grâce à ce providentiel « contraire », savoir ce qu'ils pensaient eux-mêmes, découvraient leur position, partaient s'y installer, en évidence, ces acteurs, embarrassés jusqu'alors, apercevaient enfin la porte qu'ils devaient prendre pour entrer. Les rôles étaient distribués.

Quel mouvement sur la scène !

Cependant le Monde immense, chargé de myriades de problèmes, continuait de s'étendre en silence hors de l'horizon.

★

Il m'est évident que la simple existence de la locution courante « être dans les nuages » m'a empêché d'écrire ce qui si justement pourtant m'eût décrit, moi et le changeant spectacle que j'ai le plus souvent et le plus agréablement contemplé, presque à toutes les époques de ma vie (sauf peut-être dernièrement, ce pourquoi je le remarque sans doute) : *la circulation des nuages.*

(1950)

Note sur les malédictions

« Je ne sais ce que je ferai, dit le roi Lear, mais ce sera l'épouvante de la terre. »

Immensité de l'emportement sans proportion avec l'événement presse-bouton. Cette trop vaste insupportable force, qui, n'ayant pas de glande, n'a pas non plus d'exutoire, vouée à être platonique (mais à vous rendre fou, si vous ne faites rien), il faut la pointer.

L'énorme lac tumultueux, alors, qui paraissait devoir déborder tout contenant, il suffit au lancer de la torpille. Il n'y est pas excessif. Et vous tout soulagé (tendu seulement en un point maintenant). C'est comme s'il était ponctionné, non pas tout à fait cela, encore moins annulé, tout entier derrière l'opération de lancement, tout entier constamment à la continuation de la poussée-projection.

On n'a plus mal. Parti de la passion, on est dans l'action. Sur qui pointer ? Sur le haïssable individu qui s'est mis en travers de votre chemin. Il faut « amorcer » sur quelqu'un de réel, et contre qui on puisse « se sentir ». Sans objectif, pas de visée. Sans but, pas de désir suffisant d'atteindre. Mais, ne restons pas sur l'objectif. Quelque chose avertit, peut-être à tort (on se croit volontiers plus fort qu'on n'est), votre tension extrême localisée, ce lâcher de force infernale qui vous a soulagé si immédiatement d'un affolant excès, vous insinue qu'elle pourrait sur son trajet devenir brisante aussi, dangereuse, vous avertit de ne pas continuer à peser.

On n'est pas aussi difficile à convaincre que d'aucuns croiraient.

L'individu qui occupait noirement tout l'horizon de votre être irrité, devenu bien pâle et restreint à lui-même, n'est vraiment plus à la hauteur de la *surhaine* où vous vous plaisiez à vous tenir.

D'ailleurs, cette expérience des cibles vous montrera vite qu'il n'est pas de cible parfaite. Personne n'y convient tout à fait, n'est idéalement haïssable. Il lui manque toujours beaucoup (c'est une surprise). Il lui manque et il a en trop. Il a des racines en plusieurs autres personnes, il a du sang qui n'est pas de lui seulement, et le sel des circonstances. Il a son genre lié à une époque, à tout un monde haï.

Vous êtes donc naturellement poussé à des modifications du personnage. Vous le ferez pire, l'améliorant de la sorte pour votre dessein.

Sans avoir à craindre de nuire, vous pointez maintenant carrément, sur l'être composite devenu digne d'une offensive totale. Si la vraie magie noire, malveillance qui ose continuer de frapper un unique être, réel, limité, grâce à des portraits précis ou des figurines, s'y limitant, s'y acharnant, durement, bassement, prosaïquement, peut être dans de rares[1] cas meurtrière sur quelqu'un de faible, de prévenu et prenant peur, les malédictions ont rarement le

1. Sinon, la vie florissante de dictateurs haïs (ou d'Anglais vice-rois en Inde, pays par excellence des forces occultes) semble inexplicable.

même effet, n'ayant pas du tout le même mécanisme.

Les malédictions et spécialement les malédictions en chaîne (leur lecture est du reste presque toujours tonique) tendent plus qu'à une destruction, tendent à créer un moteur. Non blesser ou supprimer l'adversaire, mais par l'opposition à l'adversaire, créer en soi le Dragon de feu.

Grâce au rythme, le mouvement enlève le plus grave de la matière, son poids, sa résistance.

Vitesse, soulagement du mal, du bas, du lourd. Sorte d'antimatière, d'idéal au premier degré.

Effet sur soi : on est lavé, tout autrement qu'on ne serait par une confession ou par une analyse des causes psychologiques. On n'a pas exprimé son éponge et on n'a pas assisté à l'émiettement de son édifice. On a fait un travail. On a livré une bataille réelle, pugnacité remplaçant tout sentiment.

On est satisfait par renforcement.

Le dépassement est un fait. Le personnage gênant, on peut le rencontrer. Il ne gêne plus.

Néanmoins, il peut y avoir d'autres inconvénients. La prière en a. Toute concentration de pensée ou de sentiments, étant volonté, a les inconvénients des solides retranchements.

Dangereuse même est la concentration sur la bonté.

Voyez les gens sortir de l'église. Après le premier pauvre rencontré sous le porche, fixés qu'ils demeurent sur l'idéale charité, ils sont prêts à l'inhumanité.

Inconvénient de s'être livré à la contemplation de la parfaite charité : elle n'est pas applicable. (Les pauvres qui se présenteront à lui ne seront jamais assez dénués, manquants, idéalement déchus, pour représenter le type même du prochain à secourir. Deuxièmement : elle s'est satisfaite à vide.)

Aussi sortent-ils, sans s'en douter, durs comme personne, durs comme la pierre, dégorgés.

Libérez-vous du mal, il vous restera du bien.

Libérez-vous du bien, que vous restera-t-il ?

Une surprise analogue de la concentration. Celui qui, selon le mot des chrétiens, « tenté par la chair », accepte, mieux qu'accepte, veut, décide de voir en esprit se former réellement le corps plantureux de la femme qui le hantait (côté passif) et que maintenant il crée et se montre (côté actif), sitôt les formes présentes, la tentation disparaît. La force qui a servi à la formation désirée a remplacé l'émoi.

Concentration est force et n'a les attributs que des forces.

Pour la magie de malédiction, elle est, avant tout, martèlement, martèlement, martèlement.

(1950)

À Hue et à Dia

Souvent on dit une grande parole, pour empêcher une petite de venir. Cette grande toutefois ne vient pas seule. Comme elle n'est bonne à rien, non réchauffée par pression environnante, il en faut des mille, des mille, pour dresser une surface et obscurcir la personne derrière cette surface.

À l'ombre des murs de papier, les piteux défilent. Mais il vient toujours de nouvelles couches pour appuyer le barrage établi, qu'il faut soutenir.

Chaque matin (et aussi chaque soir), l'instrument de masse vient faire son obturation. Tout le monde, la monnaie à la main, se précipite, avide de saisir enfin pour de bon le bois solide de la réalité vraie. Mais il n'y a que papier pour barrage, pour barrage de plus en plus épais, de plus en plus renforcé pour empêcher que passe jamais une petite parole entre les pans des grandes. Les équipes nouvelles surgissent dans l'agitation, le vacarme ne disparaît jamais et la vie s'écoule entre des années de tambour.

★

Comme les vieux savent parfaitement que les jeunes ne peuvent pas les souffrir, qu'ils n'en auront pas autour d'eux et fuiront au contraire le plus loin possible, ils ont pris la précaution, entre autres ruses, de faire des enfants ; si bien qu'ils les ont, ils sont là, qui ne peuvent s'en aller et sont obligés d'être présents et même d'être caressés (quoique en grinçant les dents), même d'être commandés... et, jouissance bien plus fine encore, d'être menés par le chantage de l'affection et du sacrifice.

Il semble donc que, toute mesure prise, ils tiennent le bon bout. Nullement ! Car il arrive le plus souvent que ce n'est pas du tout leurs fils qu'ils voudraient autour d'eux, ni leurs petit-fils (et même leurs filles, pas leur type, malheureusement...). Ils les voudraient plutôt croupissant et pourrissant dans le fumier. Ce sont d'autres enfants qu'ils aperçoivent dans la rue, dans le métro, un instant, qu'ils voudraient chez eux, et ils s'enfoncent le poignard de l'impossible adoption, désertés par les jeunes qu'ils auraient tant, tant voulu avoir, tandis que le masque durcissant de la vieillesse se fait de plus en plus épais sur leur figure, insoulevable écorce.

Et le cadeau royal d'un visage de jeune fille tendre à l'œil lumineux, à la peau proprette si admirablement tissée qu'il vaut mieux n'y pas songer, va dans une autre famille qui peut-être n'en fait pas de cas et parle amèrement d'examens ratés, de fierté familiale atteinte et de dissipation.

En somme, ils ont presque tous raté leur affaire.

★

Le volume d'une semaine, d'un mois surtout et ne parlons pas d'une année, est chose si difficile à considérer que certains, presque désespérés à ce spectacle fuyant, s'exaltent sombrement et font des actes inouïs, qu'ils jugent les plus perçants de la catégorie des actes héroïques, dans l'espoir de pouvoir un jour se remémorer quelque chose de cette existence qui fuit sans jamais se laisser punaiser, afin de pouvoir en tenir au moins une, de journée, destinée sans cela, sans leur pressante intervention, à s'engloutir dans le tombeau commun. Ils croient donc qu'ils vont ainsi en tenir une sur des milliers, et quoiqu'ils se trompent, car elles finissent à quelques secondes près par leur glisser de la tête tout comme aux autres, ce n'est pas un insuccès total. Car d'autres messieurs, des gens « au courant », ont retenu que ce fut une journée mémorable, une journée à événements, l'ont notée, en gardent mémoire, tout au moins de la note prise, car de la journée ils n'en savent pas la millionième partie, et de cette petite partie même ils n'en ont pas retenu le moins du monde l'odeur, tandis que le vivant qui l'a vécue avec les plus grands risques se retourne vainement sur elle en gémissant, sur cette journée qui s'estompe dans son petit coin, quoi qu'il fasse pour la maintenir en surface, hors des autres journées avec lesquelles elle se débraille et se confond dans un cafouillage maintenant parfaitement inextricable.

Il a vécu.

★

Merde !

Il semblerait que ce mot n'ait aucun sens, ni d'à-propos presque jamais. Il est pourtant celui qui précisément annihile le noble et ruine le possédant.

Les gens pauvres sont craints des riches par leur langage facilement ordurier qui évoque l'infect et le misérable de leur condition et, cette pauvre animalité humaine dont ceux-là détournent leur pensée tant qu'ils peuvent, voilà qu'une parole malheureuse réussit à la leur imposer, renversant en un instant des années de luxe.

Aussi la condition, pour rester riche et inattentif à ces déchets puants, est-elle de s'entourer de gens polis, ayant la même appréhension d'être avilis et la même attention à vous l'éviter.

Or, quand on réfléchit quelques instants à tout ce qu'est notre gluante mécanique et à ceci que même le sentiment le plus louangé, les tribunaux les plus débonnaires n'en ont jamais permis le libre exercice final autrement qu'à deux, et entre murs bien isolants, on comprend le succès exceptionnel, dans une société courtisane et dans quelques autres qui la singent, de J. Racine, illisible à la canaille, homme par son langage allusif et poli, le plus dégagé qu'on entendît des misères physiologiques de la nature humaine et fait pour toucher ceux qui entendent rester nobles.

Depuis, il s'est passé des choses, même en dehors du perfectionnement de l'aération et des canalisations d'eau, et l'on peut dire que le grand mélange des classes, l'uniformisation des distractions et des informations ont plus dévalué la noblesse que cent banqueroutes financières.

Néanmoins, le mot « m... » garde une valeur certaine de démoralisation et d'effondrement.

Pour la chose elle-même, si l'on veut rester en vie, rien de changé, fût-on pape. Quelle honte ! Silence, alors. Au moins l'annuler par le silence. Silence presque universellement respecté.

★

Une des opérations les plus désagréables est de revenir en arrière. C'est pourquoi un homme traité d'imbécile est si fâcheusement impressionné, obligé qu'il est de se retourner, de réinterpréter une infinie série d'événements où il s'était cru intelligent pour s'y voir bête. Travail énorme, désagrégeant, marche au loin, où il faut comme se retirer ses propres pieds.

Devant cette perspective de vertige, l'imbécile, dans sa sagesse extrême décide sainement qu'il n'est pas un imbécile.

Seuls, quelques tristes idiots persistent contre tout bon sens.

(1949)

Aventures de lignes

. . . .

Quand je vis la première exposition de tableaux de Paul Klee, j'en revins, je me souviens, voûté d'un grand silence.

Fermé à la peinture, ce que j'y voyais, je ne sais. Je ne tenais pas à le savoir, trop heureux d'être passé de l'autre côté, dans l'aquarium, loin du coupant.

Peut-être y recherchais-je avant tout la marque de celui qui devait écrire : « Quel artiste ne voudrait s'établir là, où le centre organique de tout mouvement dans l'espace et le temps — qu'il s'appelle cerveau, ou cœur de la Création — détermine toutes les fonctions ? »

J'accédais au musical, au véritable *Stilleben.*

Grâce aux mouvantes et menues modulations de ses couleurs, qui ne semblaient pas non plus posées, mais exhalées au bon endroit, ou naturellement enracinées comme mousses ou moisissures rares, ses « natures tranquilles » aux tons fins des vieilles choses, paraissaient mûries, avoir de l'âge et une lente vie organique, être venues au monde par graduelles émanations.

Quelques points rouges chantaient en ténor dans la sourdine générale. Néanmoins on éprouvait qu'on était dans un souterrain, devant des eaux, dans des enchantements, avec l'âme même d'une chrysalide.

Le réseau complexe des lignes apparaissait petit à petit :

Celles qui vivent dans le menu peuple des poussières et des points, traversant des mies, contournant des cellules, des champs de cellules, ou tournant, tournant en spirales pour fasciner, ou pour retrouver ce qui a fasciné, ombellifères et agates.

Celles qui se promènent. — Les premières qu'on vît ainsi, en Occident, se promener.

Les voyageuses, celles qui font non pas tant des objets que des trajets, des parcours. (Il y mettait même des flèches.) Ce problème des enfants qu'ils oublient ensuite, qu'ils mettent à cet âge dans tous leurs dessins : le repérage, quitter ici, aller là, la distance, l'orientation, le chemin conduisant à la maison, aussi nécessaire que la maison… était aussi le sien.

Les pénétrantes, celles qui au rebours des possesseuses, avides d'envelopper, de cerner, faiseuses de formes (et après ?), sont lignes pour l'en dessous, trouvant non dans un trait du visage, mais dans l'intérieur de la tête le point névralgique, où un œil inconnu veille et garde ses distances.

Celles qui, au rebours des maniaques du contenant, vase, forme, mont modelé du corps, vêtements, peau des choses (lui déteste cela), cherchent loin du volume, loin des centres, un centre tout de même, un centre moins évident, mais qui davantage soit le maître du mécanisme, l'enchanteur caché. (Curieux parallélisme, il mourut de sclérodermie.)

Les allusives, celles qui exposent une métaphysique, assemblent des objets transparents et des symboles plus denses que ces objets, lignes-signes, tracé de la poésie, rendant le plus lourd léger.

Les folles d'énumération, de juxtapositions à perte de vue, de répétition, de rimes, de la note indéfiniment reprise, créant palaces microscopiques de la proliférante vie cellulaire, clochetons innombrables et dans un simple jardinet, aux mille herbes, le labyrinthe de l'éternel retour.

Une ligne rencontre une ligne. Une ligne évite une ligne. Aventures de lignes.

Une ligne pour le plaisir d'être ligne, d'aller, ligne. Points. Poudre de points. Une ligne rêve. On n'avait jusque-là jamais laissé rêver une ligne.

Une ligne attend. Une ligne espère. Une ligne repense un visage.

Lignes de croissance. Lignes à hauteur de fourmi, mais on n'y voit jamais de fourmis. Peu d'animaux dans les temples de cette nature, et seulement leur

animalité une fois retirée. La plante est préférée. Le poisson à l'air méditant est reçu.
Voici une ligne qui pense. Une autre accomplit une pensée. Lignes d'enjeu. Ligne de décision.

Une ligne s'élève. Une ligne va voir. Sinueuse, une ligne de mélodie traverse vingt lignes de stratification.

Une ligne germe. Mille autres autour d'elle, porteuses de poussées : gazon. Graminées sur la dune.

Une ligne renonce. Une ligne repose. Halte. Une halte à trois crampons : un habitat.

Une ligne s'enferme. Méditation. Des fils en partent encore, lentement.

Une ligne de partage là, une ligne de faîte, plus loin la ligne-observatoire.

Temps, Temps...
Une ligne de conscience s'est reformée.

On peut les suivre mal ou bien, sans jamais risquer d'être conduit à l'éloquence, toujours évitée, toujours évité le spectaculaire, toujours dans la construction, toujours dans le prolétariat des humbles constituants de ce monde.

Sœurs des taches, de ses taches qui paraissent encore maculatrices, venues du fond, du fond d'où il revient pour y retourner, au lieu du secret, dans le ventre humide de la Terre-Mère.

. . . .

Je m'arrête. Paul Klee ne devait pas aimer qu'on déraille. Trop goethéen pour cela. Son attention horlogère au mesurable ne lui aurait pas permis d'aimer qu'on fît, pour l'accompagner, un bout de chemin si imparfaitement parallèle.

Pour entrer dans ses tableaux et d'emblée, rien de ceci, heureusement, n'importe. Il suffit d'être l'élu, d'avoir gardé soi-même la conscience de vivre dans un monde d'énigmes, auquel c'est en énigmes aussi qu'il convient le mieux de répondre.

(1954)

Un certain phénomène qu'on appelle musique

L'enfant, qui si longtemps a joué avec les choses, avec le sable, avec l'eau, que va-t-il rester en lui plus tard de son pouvoir de jouer ?

Adulte accompli, le mammifère ne joue plus, ou si peu. En l'homme toutefois, être au développement lent, le jeu finement insinué, ayant eu le temps de devenir important, ruse pour survivre autrement qu'en traces, et cherche et parfois trouve, au milieu de conduites d'adulte, une nouvelle organisation ludique.

... Il y a ce qu'on appelle musique.

Il s'agit aussi de vagues, de toutes petites et de jouer avec, non certes en les recevant sur les pieds mouillés mais seulement, tant elles sont minuscules, dans le plus profond de l'oreille qui les reçoit vibrantes et comme un secret. Invisibles, elles arrivent en lignes circulaires, qui bientôt vont l'entourer comme si elles venaient de partout, et dans une immense cuve le tenir baigné.

Ces ondes infimes soulagent des choses, de l'insupportable « état solide » du monde, de toutes les conséquences de cet état, de ses structures, de ses insoulevables masses, de ses dures lois.

Elles savent faire la nuit sur l'objet, et sur les êtres lorsque ceux-ci sont devenus comme des objets. Elles peuvent désincarner la chair, abstraire le concret, déproblématiser la situation. On respire, on va revivre, tout le reste oublié, la bonne inondation étant revenue pour recouvrir la terre que la géométrie, les murs, la laideur et l'innombrable indésirable encombrait, qui s'y était fourré et qu'il aurait fallu au moins trois guerres et autant de révolutions pour éliminer, et pas si bien que ne le fera cette simple et prodigieuse couverture.

Musique, merveille qui sûrement précéda le feu. On en avait autrement besoin.

Voici le véritable «*passe-temps*», le détecteur qui rend le temps sensible et bon à savourer, et qui va, qui va, ne s'arrêtant jamais, qui va, et avec qui aussi on va, enfin à l'unisson.

Déroulement du film psychique, du ruban émotionnel, du chant perpétuel dont le musicien a attrapé un bout, une courte séquence, dont ceux qui vont l'entendre étaient d'avance, sans le savoir, désireux et avides de se remplir.

La vie intérieure passe, l'étonnante vie intérieure qui procède et par coulées et par déclics.

Ici sont exposés ses tâtonnements, ses hésitations, ses brusqueries, ses accentuations, ses brouillons, ses reprises, ses retours en arrière que les autres arts tiennent soigneusement cachés (comme ce serait émouvant, pourtant, de trouver tout autour d'une cathédrale, les beaux restes en pierre de tentatives avortées, les ébauches à demi terminées, d'autres menées plus loin mais tout de même arrêtées avant la fin, tous ces commencements de cathédrales se pressant autour de la grande, ou se tenant à côté ou derrière elle, pour exprimer ce que purement elle seule peut exprimer, mais ce que généreusement et sincèrement, seul l'ensemble de toutes exprime). Musique, opération du devenir, opération humaine la plus saine. La musique remplace les êtres, la mère, la femme, l'enfant, les amis, en ce qu'ils ont de merveilleux, mais dont on voudrait souvent, et sans s'en douter, par une merveilleuse soustraction de ce qui est gênant, ne garder que ceci, qui les exprime, pour les rendre aussi inoffensifs que ces vagues de délices qui soulèvent le cœur. Musique, axe profond, axe archaïque, qui tient les axes multiples. Axe d'avant, dirait-on, l'ambivalence.

Art qui chante le divin sans avoir à croire en Dieu, ni à faire partie d'une religion, ni à se retenir à des dogmes, sans même savoir si ce qu'il compose est réellement un hymne ou simplement une façon de vouloir dans « *divinement* » prendre place.

Musique, art des fiançailles perpétuelles.

Art qui chante l'amour, sans qu'on sache si c'est l'amour d'une femme, sans qu'il y ait contrat, sans qu'elle soit au courant, sans qu'aucune ait à l'être et sans même qu'elle ait à exister plus personnellement qu'un rayon de soleil, un nuage rose en haute montagne ou la fièvre d'un printemps revenu. Art où l'amour impossible est viable et sa voie royale.

Art qui n'a pas à appréhender les contradictions du dehors, qu'on ne remet pas en face d'autres réalités que la musicale. Art des désirs, non des réalisations. Art des générosités, non des engagements. Art des horizons et de l'expansion, non des enclos. Art dont le message partout ailleurs serait utopie. *Art de l'élan.* Ni l'amour n'est primordial, ni la haine, mais l'élan (comme est le jeu de l'enfant dans les vagues et le sable). L'élan est primordial, qui est à la fois appétit, lutte, désir. La musique exprime cet élan, qui ne se différencie pas, qui ne se proclame pas amour ni surtout tel amour sur lequel on le mettrait en défaut plus tard, en état d'inconséquence, l'obligeant à violence, opposition, agressivité. C'est la pensée parlée surtout, plus encore que la vie vécue, qui crée l'ambivalence. La pensée qui définit et fait une déclaration définie, fait des barreaux qu'il lui faudra un peu plus tard mettre en morceaux pour avancer vers un nouvel état qu'une fois de plus elle définira, c'est-à-dire qu'elle le mettra encore entre des barreaux, qu'à nouveau il faudra plus tard rompre avec éclat ou en traître et avec mensonges. (Parler, c'est manquer de clairvoyance.) Musique, art des sources, art qui sait rester dans l'élan.

On connaît des schizophrènes des milliers de dessins qu'on leur a fait faire sans difficultés. On ne leur connaît pas de composition ou d'improvisation musicale. J'en ai fait faire vainement la recherche. Hébéphrénie et schizophrénie, maladies de l'élan vital. N'y aurait-il pas antinomie entre la musique, art de l'élan, et ces maladies, dont le caractère principal est un état d'anhormie, selon le mot de Guiraud (*ormao* : s'élancer), où l'élan se ralentit, se réduit et finalement n'est plus, annulé dans un autisme immobilisateur. N'y aurait-il pas quelque chose à essayer ? Dieu sait quelle mélodie resserrante, pétrifiante, quelle ligne mélodique dramatiquement rentrante en soi ils montreraient, et comment brisée et comment se refusant à l'expansion. Il ne faudrait, peut-être, pour obtenir ce document bouleversant qu'une certaine façon de s'y prendre...

L'art qui sait être sorcier, ou guérisseur, ne peut-on en attendre cette réussite ? Cette révélation nouvelle ?

Ne peut-on également faire agir par un mode tout

contraire cet art qui sait aussi étourdir, déposséder de soi et de ses contrôles, qui met en crise? (« Et maintenant, dit Élisée, faites venir le joueur de harpe, et tandis que le musicien jouait sur sa harpe, la main du Seigneur fut sur Élisée et Élisée parla : Voici ce que dit le Seigneur. Faites... », *Rois*, IV, 15). Cette dépossession utilisée généralement par de moindres personnages que ce prophète, ne peut-on aussi l'utiliser?

Musique, l'art partout utilisé. À la guerre, aux champs, dans les temples. Art de la stimulation et de l'appel, de tous les appels. Art moteur et promoteur. Art pour donner et pour augmenter la foi. Art aux champs : employé depuis un temps immémorial en Afrique noire où sans lui pas de semailles. Devant un rang de musiciens, les travailleurs, en rangs aussi, rythmiquement enfoncent la semence dans la terre à grands gestes rapides, très rapides, précipités, comme entraînés dans une parade dramatique et significative. Art magique utilisé en Amérique centrale, aux Indes, en Afrique, pour faire tomber la pluie (qu'elle tombe ou ne tombe pas, ce qui est sûr, c'est que jamais sorcier ne songea à faire tomber la pluie avec un tableau, représentât-il le déluge).

Art qui a des vertus[1].

Art qui a des pouvoirs (et là où pouvoir et enchantement sont liés). Art qui frappe celui qui le fait entendre et celui qui l'entend dans un parallélisme unique. Cet art, parce qu'il reproduit en l'auditeur la trace même du passage subi par le compositeur,

1. Dans le *Laya-Yoga*, le yogui attend du son la libération. Mais c'est de l'audition du *son intérieur* qu'il s'agit, où il doit... se fixer et se dépasser : « Renonçant à toute pensée, à tout effort, méditant sur le seul son, son esprit se fond dans le son. » (*Nâdâ-bindu-Up*. 31.41. — Cité dans *Yoga* d'A. Daniélou, chap. IV.)

cet art qui a le pouvoir d'uniformiser les hommes, art naturellement social et qu'un gouvernement avisé pourrait donc diriger... cet art devait être particulièrement étudié par les Chinois, peuple particulièrement sensible au phénomène de l'imitation et dont la morale dès avant Confucius et même avant Se-ma Ts'ien est une morale d'exemples, de valeurs à reproduire, à *copier.* Solennellement, les empereurs de Chine d'autrefois donnaient le jour de l'An la *note* sur laquelle, pendant toute l'année à venir, l'Empire devait être accordé, harmonisé, tenu dans l'union. Seule avec les rites, la musique pouvait, pensaient-ils, retenir[1] la masse des gouvernés.

Pris d'une peur qui fait rêver, à l'endroit des agitations collectives, les mandarins insistent sur le devoir de la musique, qui est de contenir, de *modérer.* Considérable dans la musique, l'appel à la reproduction de l'œuvre est minime dans les arts plastiques. Une sculpture, un tableau, un monument, on les voit faits, terminés, sans qu'on devine comment ils ont été faits, sans pouvoir les refaire, sans pouvoir accompagner et répéter les gestes créateurs, tandis que la musique éternellement neuve et indicative, donnant tout ce qu'il faut pour être saisie, se refait devant nous et en nous dans son ordre premier, pareillement actuel et recommencé.

Témoignant de la même « impression » et de la même tentation, l'imitation (musicale) chez les oiseaux est très répandue. On a entendu un troglodyte de la Caroline imiter le chant d'une cinquantaine d'oiseaux. En Océanie, il en est un qui, ayant en silence piqué des sons un peu partout, subitement déverse en vrac tout son bazar de bruits, de cris, de planches qu'on scie, de bouteilles qu'on

1. Voir dans le LI-KI ou mémorial des rites, le YO-KI.

débouche, de klaxons, pêle-mêle avec des pleurs de bébés, des hurlements de mammifères, des chants d'oiseaux, des bruits de turbines et des gargouillements d'eau. Mais pas plus que le merle, ni qu'aucun perroquet, ni qu'aucun béo, ce grand maître n'a jamais pu attraper du Verdi. Il s'en fatigue au bout de quelques notes. Ça ne lui dit rien, pas plus d'ailleurs qu'une simple mélodie jouée sur la flûte. Techniquement il pourrait pourtant la reproduire, et facilement. On s'est aperçu, tout dernièrement[1], que de petits oiseaux au gazouillis assez quelconque étaient singulièrement capables. L'un n'a besoin que d'un centième de seconde pour grimper une octave et demie, l'autre émet jusqu'à quatre-vingt-dix notes à la seconde, un troisième, pas plus extraordinaire qu'une grive, émet sept ou huit notes à la fois et pourrait à lui seul tenir la place d'un chœur à huit voix. Mais il n'est pas tenté. Les timbres, les intonations, les onomatopées l'intéressent, mais *bruts*. Aucunement (en apparence) leurs variations, leur mélange, leur placement dans un ordre varié. Si bien qu'avec des complexes sonores nombreux et les matériaux d'une musique concrète, il n'en fait pas. Il ne fait pas beaucoup de composition[2]. Quant à notre composition, elle les arrête après quelques notes et les laisse sur la rive. Ils n'entrent pas dans le système.

La musique, dans notre espèce humaine, propose un modèle de construction, et *en* construction, net, mais invisible. Un montage en l'air. Ce montage

1. Grâce au magnétophone à vitesses variables et à l'audiospectographe. (Communications des Professeurs Donald J. Borror et Carle Reese de l'Université de l'État de l'Ohio.)

2. Des enregistrements meilleurs et plus nombreux devraient bientôt éclairer définitivement la question de la composition musicale des oiseaux.

n'est pas à voir, ni même à concevoir ou à imaginer. *Il est à parcourir.*

L'œuvre est un ensemble de trajets, un parcours en lignes brisées. Chaque trajet est sensible, sauts, chutes, montées, descentes jamais vagues, toujours mesurables. On évite les petites unités, la fluidité des passages. (On n'emploie pas le huitième de ton.) Perchoirs précis, préfabriqués, en nombre limité. Appréciation des trajets. Descentes et montées, ascensions infinies dans l'abstrait. (Le seul voyage intelligent : l'abstrait.)

La hauteur des sons présente les trajets verticaux — une passion d'ascensions — et le temps, qui apparaît en coulées, en mesures, ou en rythme et en vitesses différentes, présente les trajets horizontaux. Mais toujours trajets. On ne saisit pas la structure musicale sans suivre des trajets. L'art qui vous déplace le plus constamment, qui rend sensible aux places, aux changements de place et qui les provoque dans le corps, les bras, les pieds. Le rythme à lui seul suffit pour vous faire « marcher » et danser, cependant que les timbres qui résonnent vous soumettent à un ébranlement confus né de vibrations, le son fait son œuvre de vibrations. Il remue.

Musique, art du comportement, quoique sans références au monde physique extérieur. Trajets et passages, rien de mieux pour exprimer une attitude. Une façon non d'être, mais de vivre, de se sentir vivre — quoi de plus communicable ? Huit minutes de musique folklorique en disent plus sur un peuple inconnu que cent pages de notes et de relevés. Document psychologique le plus révélateur. Celui pourtant que des systèmes de psychologie célèbres, par là insuffisants et mensongers, omettent tout simplement !

Impossible à projeter comme telle, sur un écran extérieur en des repères matériels visibles au-dehors, la musique, quand on l'écoute, vous oblige à la suivre en *trajets intérieurs.*

Ainsi vous amène-t-elle tout naturellement à une identification, et à l'illusion d'un transvasement d'être à être.

Faisant des constructions rigoureuses aux règles strictes, s'attachant aux pures valeurs d'intelligence du sonore et à son maniement, comment la musique n'est-elle pas plus généralement mentale, mathématicienne, pourquoi est-elle si sale de tant d'autres choses ? Comme ces linges couverts de graisse que dans les fabriques de parfums on dispose par-dessus les fleurs coupées et qui en prennent l'odeur, la musique prend tout ce qui est autour d'elle et le sue et le restitue. Le fatal dépôt s'attache à l'œuvre du compositeur qui de tout ce qui est contingent croyait s'être détaché.

La veulerie, la sottise, la suffisance, l'agitation à vide, les troubles louches, la bourgeoisie elle-même selon les époques collent à la musique, ne la lâchent plus et continuent à nous écœurer et à nous martyriser.

Musique, art qu'on recherche autant pour ses défauts que pour ses qualités, pour son eau tiède, pour ses accroche-cœurs, pour sa densité insinuatrice et avilissante et pour tout ce qu'elle traîne à sa suite.

Musique « vulgaire » qui convient à tant de gens, ailleurs fins et difficiles, qui s'en laissent entourer pour opacifier leur impression d'exister, pour prendre de la vulgarité comme on prend du lest, comme remède à une certaine épaisseur qu'ils n'ont pas et qu'obscurément ils souhaitent, pour s'en *rem-*

bourrer; qui convient aussi aux durs et aux compartimentés, et les fait s'amollir et ressentir le côté dolent, lécheur, tributaire, abandonné, énamouré, masochiste, balancé ou énergumène, que sans cela ils n'eussent jamais connu, tenu soigneusement en respect par eux dans tous les autres domaines. Dire que tant d'hommes sont morts en entendant *La Madelon*, me disais-je, enfant, et j'étais accablé. Musique, médicament de l'humeur, mais qui en est aussi le plus grand persécuteur, art enfin plus qu'aucun autre capable de donner le « Ah ! » du pays et de l'époque.

(1958)

Dessiner l'écoulement du temps

Avant de me livrer au dessin, j'avais un désir qui sans doute se mettait en travers et il fallut le réaliser d'abord, vaille que vaille. Il me paraissait correspondre à mes vrais besoins et même à un besoin général.

Au lieu d'une vision à l'exclusion des autres, j'eusse voulu dessiner les moments qui bout à bout font la vie, donner à voir la phrase intérieure, la phrase sans mots, corde qui indéfiniment se déroule sinueuse, et, dans l'intime, accompagne tout ce qui se présente du dehors comme du dedans.

Je voulais dessiner la conscience d'exister et l'écoulement du temps. Comme on se tâte le pouls. Ou encore, en plus restreint, ce qui apparaît lorsque, le soir venu, repasse (en plus court et en sourdine) le film impressionné qui a subi le jour.

Dessin cinématique.

Je tenais au mien, certes. Mais combien j'aurais eu plaisir à un tracé fait par d'autres que moi, à le parcourir comme une merveilleuse ficelle à nœuds et à secrets, où j'aurais eu leur vie à lire et tenu en main leur parcours.

Mon film à moi n'était guère plus qu'une ligne ou

deux ou trois faisant par-ci par-là rencontre de quelques autres, faisant buisson ici, enlacement là, plus loin livrant bataille, se roulant en pelote ou — sentiments et monuments mêlés naturellement — se dressant, fierté, orgueil, ou château ou tour... qu'on pouvait voir, qu'il me semblait qu'on aurait dû voir, mais qu'à vrai dire presque personne ne voyait.

Intrigué, on regardait mes pages en me demandant quel genre d'« art » c'était là. Je les déchirai. On m'avait trop fait douter de leur communicabilité. Quelques personnes s'étaient dans cette écriture intéressées à des groupes de traits par-ci par-là, à de petits carrefours de l'impressionnabilité et de l'événement, qu'ils appelaient signes, me poussant même à en faire une sorte de dictionnaire. Ils ne s'intéressaient toujours pas au déroulement. Le cinéma n'était pas encore né depuis longtemps.

Un jour, un éditeur, qui en aurait voulu reproduire quelques-uns pour un certain charme qu'il y trouvait, me dit : « Vous n'avez qu'à les faire plus grands. »

Fâché — car peut-on agrandir une écriture ? — j'empoigne un pinceau (qui va remplacer la plume fine) pour tout de suite démontrer impossible la scandaleuse opération.

Tout en traçant les premiers traits je sentais, à mon extrême surprise, que quelque chose de fermé depuis toujours s'était ouvert en moi, et que par cette brèche allaient passer quantité de mouvements.

L'ampleur du geste, réclamé par les caractères qu'on voulait plus grands, avait changé l'esprit du dessin. Au lieu de caractères, au lieu de ces « je-ne-sais-quoi » notés, ils arrivaient lancés, ils devenaient élan, participation, entraînement.

Par l'amplitude je pouvais communiquer avec ma propre vitesse, et j'oubliais pour elle le sujet et l'impression originelle.

Ainsi se pressaient à ma vue quantité de mouvements dont j'étais plein, dont j'étais débordant et depuis des années. Dans mes rêveries d'enfant, jamais, si je me souviens bien, je ne fus prince et pas souvent conquérant, mais j'étais extraordinaire en mouvements. Un véritable prodige en mouvements. Portée par les mouvements. Des mouvements dont, en fait, on ne voyait pas trace en mon attitude et dont on n'aurait pu avoir le soupçon, sauf par un certain air d'absence et de savoir m'abstraire.

Les animaux et moi avions affaire ensemble. Mes mouvements je les échangeais, en esprit, contre les leurs, avec lesquels, libéré de la limitation du bipède, je me répandais au-dehors... Je m'en grisais, surtout des plus sauvages, des plus subits, des plus saccadés. J'en inventais d'impossibles, j'y mêlais l'homme, non avec ses quatre membres tout juste bons pour le sport, mais muni de prolongements extraordinaires, suscités spontanément par ses humeurs, ses désirs, en une incessante morphocréation.

Cela, vivant encore, ne demandait qu'à entrer dans mes dessins et s'y rua aussitôt. Je remplis des centaines de pages de la détente soudaine de bras et de jambes surnuméraires et de mouvements dansants, sans toutefois arriver à ceux que dans mon imagination j'avais si aisément pratiqués et réalisés durant des années. Le dessin m'était moins familier. Mais par lui j'entrais autrement dans leur danse.

Cependant, à travers ma joie et ma libération, je sentais par moments une gêne comme si, un peu trop à la légère, j'étais venu à ce plaisir public où d'une de mes chambres secrètes je faisais abandon.

Peut-être avais-je peur aussi de changer de *tempo*. (D'ailleurs, mes pages du début étaient en effet présentées comme des pages de signes, c'est-à-dire de mouvements stabilisés, arrêtés, interrompus.)

Chacun cherche, sans que personne le lui ait indiqué, à maintenir son tempo. À travers tout. À travers événements, émotions, aventures, comme il lui faut à travers saisons froides, lieux torrides, maintenir égale sa température.

Par une balance très savante[1] et constante, entre les entraînements qu'on accepte et les entraînements auxquels on tourne le dos, par un équilibre complexe, où les petits ralentissements et les petites accélérations se trouvent ingénieusement compensés.

Il suffit que légèrement on touche un certain point de l'hypothalamus pour accélérer spectaculairement le tempo d'un individu qui sans aucune prédisposition va, par l'accélération incontrôlable de la pensée, des impressions, des images, de la parole et de bien des fonctions mentales, être comme fou, présenter toutes les marques de la psychose maniaque.

Des peurs, des préoccupations prolongées, les changements hormonaux peuvent aussi opérer ce changement.

Je devais apprendre moi-même l'horrible, trépidante expérience que c'est de changer de tempo, de le perdre[2] subitement, d'en trouver un autre à la

1. On conseillerait à chacun de l'observer pour savoir comment, pour son compte, il y arrive.

2. Dans l'expérience de la mescaline et de l'acide lysergique.

place, inconnu, terriblement vite, dont on ne sait que faire, rendant tout différent, méconnaissable, insensé, décoché, faisant tout filer, qu'on ne peut suivre, qu'il faut suivre, où pensées, sentiments, tiennent à présent du projectile, où les images intérieures, aussi accentuées qu'accélérées, sont violentes, vrillantes, térébrantes, insupportables, objets d'une vision intérieure dont on ne peut plus se détacher, lumineuses comme la flamme du magnésium, agitées d'un mouvement de va-et-vient comme le chariot d'une machine-outil, infimes qui vibrent, tremblent et zigzaguent, prises dans un incessant mouvement brownien, images où les lignes droites saisies d'un emportement ascensionnel sont naturellement verticales, lignes de cathédrale, qui n'ont pas de fin en hauteur mais continuent indéfiniment à monter, où les lignes brisées sont un séisme continuel de brisures, de morcellement, d'émiettement, de déchiquetage, où les lignes courbes sont des folies de boucles, d'enroulement, de volutes, de dentelles infiniment compliquées, où les objets semblent sertis de minuscules, éblouissantes rigoles de fonte bouillante, où les lignes parallèles et les objets parallèles indéfiniment répétés et d'autant plus qu'on y pense, brisent la tête de celui qui vainement veut se retrouver dans la pullulation générale.

Images où dans un ruissellement, un étincellement, un fourmillement extrême, tout reste ambigu et, quoique criant, se dérobe à une définitive détermination, où quoique dans une fête localisée, celle de l'optique, on sait que l'on subit des trilles enragés, des sifflets perçants, des cacophonies grotesques, des gammes délirantes et comme enragées.

Arraché à son tempo, dans l'orage des infimes

vagues forcenées, ou dans l'enfer d'impulsions pareillement soudaines, saccadées et démentes, on ne peut imaginer que cessera jamais l'inhumaine vitesse…

(1957)

Pouvoirs

Comme on doit savoir perdre le confort dangereux du bonheur, on doit savoir perdre de ses amis, mais il faut garder ses ennemis. Précieux !

L'avion fait de la vitesse avec une excessive pression. Il ne s'agit pas de la calmer, cette pression, il s'agit de la placer. Utilisation *énergétique* de l'ennemi, de la situation irritante, du milieu hostile, du mal.

Loin de gaspiller l'éruption de la colère sur l'individu souvent médiocre qui en paraît la cause, il convient au contraire de couper le plus possible ses attaches avec lui, pour voguer en elle, jouir d'elle, se grandir, s'intensifier en elle. Ainsi de tout temps faisais-je. Mais, il y a quelques années, séjournant dans un pays qui depuis des millénaires est celui de la magie, celui où peintures et sculptures donnent des commandements, où les paroles prononcées ou gravées dans la pierre contraignent les vivants, les morts et les dieux, j'eus, un jour que j'avais été extrêmement contrarié, j'eus l'inspiration de diriger ma fureur (au lieu de la laisser me soulever et m'agiter désordonnément) et de la placer sur un personnage (qui y était du reste pour beaucoup) et cela d'une façon répétée, insistante, incessante. Ma colère, je la sentis alors comme une matière, comme un fluide résistant, comme une arme, cependant que je me mettais en action et réinventais presque sans m'en rendre compte l'instrument verbal même de la colère ; c'est-à-dire les malédictions. J'avais toutefois constamment à la remettre sur l'objectif, ce qui n'allait pas du tout seul et me surprenait beaucoup. L'homme que je croyais tant détester avait tendance à devenir flou. Insuffisamment détestable, il n'était pas à la hauteur de ma rage totale, qui voulait une cible plus excitante, une cible idéale. Je le modifiai donc mais pas trop, je modifiai aussi sa situation. C'était lui et ce n'était plus lui. C'était mieux que lui. Peut-être avais-je aussi eu peur de lui porter un coup fatal, car on ne peut croire qu'en utilisant pareil bélier de guerre, il ne va rien se passer.

Tel est le sujet de *Je rame* et de *À travers mers et déserts*, deux attaques, qu'on appela poèmes, deux poèmes appuyés.

À quelque temps de là, étant aux côtés d'une personne qui m'était très précieuse et qui lentement, trop lentement se remettait de la rechute d'une grave maladie, je me dis tout à coup : « Je dois faire quelque chose. Si vraiment il y a dans les mots une force efficace, si à la force intérieure du sentiment intense on peut faire prendre une direction, c'est ici, c'est sur elle que je dois réussir, que cela doit porter… et porter guérison. »

Comme je le vis bientôt et mieux, plus j'avançais, ce n'était pas un poème d'amour qui pouvait ici convenir, du genre de ces poèmes émouvants sans doute mais qui plus sûrement encore sont un retour complaisant sur le mal d'amour, sur le trouble incomparable apporté par l'être aimé, non ce n'était pas cela qui *aurait pouvoir.* Ce qu'il fallait c'était un poème tout pour elle, un poème-action, pour la refaire, la remodeler suivant la santé, selon l'aspiration même de sa nature actuellement inhibée par la maladie. Action de guérison, non d'amour émerveillé, moins encore de désir sous-jacent, moins encore d'apitoiement… et je dus constamment écarter leurs tentations, leurs voies, pour à elle rester « dévoué ».

Tel est l'objet du troisième poème *Agir, je viens.*

Ce don, quoiqu'il ait été insuffisant, ne me semble pas être tombé dans le vide. Il avait sa vertu. Je ne parle pas de la guérison qui vint, ni miraculeuse, ni subite. Apparemment je n'étais pas guérisseur des corps. Mais il y eut d'autres prolongements en elle, et en moi une sorte de guérison, début d'une nouvelle alliance entre nous.

J'aurais à dire sur l'action en soi.

On est terriblement mêlé, dispersé. Énormes, surprenants sont les obstacles qu'on rencontre même si l'on ne fait qu'un poème dirigé, un poème qu'on voudrait réellement bien-faisant, efficace.

Une pensée, une pensée-sentiment est génératrice d'autres pensées, de velléités, d'actions parfois et d'une fugitive transformation générale. Mais, sans une certaine extrême, extrême concentration, il n'y a pas action directe, massive, permanente, magique de cette pensée sur celui qui l'a pensée. Intensité, intensité, intensité dans l'unité, voilà qui est indispensable. Il y a un certain seuil, à partir duquel, mais *pas avant*, une pensée-sentiment compte, compte autrement, compte vraiment et *prend un pouvoir.* Elle pourra même rayonner…

(1959)

Je fais apparition

Une personne voulait me rencontrer davantage, me rencontrer souvent, me rencontrer plus directement, femme d'un type entreprenant, assoiffée. Moi, lointain, pas intéressé. Faute de pouvoir plus, par la voix, par le long bras du téléphone elle s'étendait jusqu'à moi, m'environnant aussitôt de sa trouble présence. Le soir surtout et de plus en plus tard. Je n'étais plus tranquille. Elle tenait ma nuit en joue. Elle supposait sans doute qu'une fois étendu, détendu, je serais plus enclin à lui répondre dans le sens de ses désirs. Agacé, place dont on fait le siège, je me rongeais. Or un soir, deux jeunes gens m'invitent à fêter avec eux un anniversaire pour eux important. Ils insistent tant et si bien que je monte avec eux. Et là, dans leur intérieur, je me délasse, me dilate, et crois apporter ma petite pierre à la colline de leur bonheur. Le champagne, surtout à qui n'y est pas habitué, sait faire pétiller ces illusions en commun. Enfin je rentre chez moi, bientôt au lit, très libéré, lorsque tout à coup celle que j'avais oubliée, qui peut-être m'a appelé en vain, je songe qu'elle est capable de m'appeler maintenant, il n'est pas d'heure tardive pour elle, surtout s'il s'agit d'un dernier rappel à infliger de son encombrante existence. Ah non ! Rien à faire ! Non ! Cela ne sera pas. JE NE VEUX PAS.

Et... en quelques secondes au summum de l'emportement, je... (mais qu'est-ce que je fais au juste ?) Galvanisé, devenu pure force aux frontières de moi, je m'oppose à toute intrusion, je me fais bloc, bloc intraversable, bloc à toute épreuve. En même temps, c'est comme si je donnais un ordre, un ordre absolu. Interdit de passer.

Fortifié, me sentant à l'abri (!), je m'endors d'un sommeil profond.

Chez elle, tout autre est la nuit. À l'improviste, je lui apparais dans sa chambre. Debout, l'air mécontent, décidé, dangereux. Elle sursaute. Elle a peur. Hostile est l'apparition et, menaçante, d'une menace il est vrai imprécise. Elle est angoissée. Elle ne comprend pas, elle allume toutes les lampes de la chambre pour s'en entourer comme d'une protection et passe des heures éveillée. Ce n'est que le matin venu qu'elle ose m'appeler. « Qu'est-ce que je lui voulais ? Pourquoi me suis-je introduit dans sa chambre ? Et mon attitude courroucée, pourquoi ? Est-ce que j'use maintenant de magie contre elle ? Et qu'avait-elle donc fait qui m'avait tellement déplu pour être ainsi en colère contre elle ? » Réticent, ambigu, fermé, je réponds dans le vague. Elle raccroche, troublée, et court toute la matinée après des explications, des conseils[1]. Cependant, la surprise que je m'étais bien gardé de montrer était en moi, roulait en moi (pas si grande qu'on eût pu le croire). Ailleurs je voyais le mystère. Sans doute au début de cette nuit, j'étais dans un état surtendu,

1. Entre autres à la Galerie D. où A. G. lui conseille un psychanalyste (!).

mais sur *mon* terrain. Jamais je n'aurais cru que j'allais chez elle ni même que ma fureur, pour intense qu'elle fût, pouvait lui rendre ma personne sensible, visible au pied de son lit. Il restait que j'avais lancé un ordre, un interdit plutôt, celui de venir jusqu'à moi. Cet interdit était-il dirigé contre elle ? Du moins lui était-il adressé. Peut-être même que sans mots, mentalement, je l'avais prise à partie comme si elle avait été ici.

Ironie, c'est en voulant empêcher qu'elle ait accès à moi, c'est ainsi que j'avais eu accès à elle ! Tel quel, ce surprenant succès non recherché me rendait plutôt mélancolique. Ah, si j'avais concomitamment pu l'apercevoir, elle, ou seulement sa chambre, son oreiller ! Cette insuffisance me montre surtout mes limites. Et si j'apprenais un peu de... cet art que brut et sans le savoir je viens d'exercer... si je créais une autre fois, d'autres fois et mieux, un concentré d'énergie psychique. Mais en magie — si c'en est — qui n'est pas fort est victime. Pour une offensive, j'aurais vingt fois à être sur la défensive, et soixante-dix-neuf fois serais distrait.

Notes au lieu d'actes

La mouche est si bien organisée qu'elle a pu assidûment fréquenter l'homme depuis des milliers d'années, sans être mise à la porte, ni mise à travailler. Le tout sans se gêner et ne cherchant nullement comme le chat à feindre d'être apprivoisée. Allant même jusqu'à s'installer au bord de ses yeux et à puiser dans ses larmes admirablement salées l'appoint chloruré nécessaire à son régime. Avec la même aisance elle fréquente aussi de plus gros mammifères aux yeux confortables et nul doute qu'elle ne rêve d'yeux plus parfaits encore, creusés au lieu de bombés, pareils à des soucoupes, soucoupes vivantes, distillant le liquide exquis.

Voilà l'être que tout homme, dans une époque qui rend esclave, se doit de bien étudier au lieu des aigles, des lions et des chevaux, ou des princes qui ne lui apprendront jamais ce qu'il lui importerait tellement de savoir : « *Comment cohabiter sans servir ?* »

★

Une abeille qui se ferait comprendre d'un cheval, une abeille qui aurait apprivoisé un cheval, une abeille qui ferait travailler un cheval, qui se ferait suivre d'un cheval, qui mènerait un cheval esclave… eh, sans doute, ce ne serait pas mal, mais elle aurait encore beaucoup de difficultés, dans la suite.

Si quelqu'une a jamais eu ce plan, l'eût-elle conduit à un début de réalisation, eh bien, elle a été raisonnable de l'abandonner. Trop raisonnable. Qui lui a dit qu'il fallait se ranger à la raison ?

★

Même si la naissance fut un choc, il ne faut pas désirer, fût-ce dans le rêve le plus trouble, reprendre une vie intra-utérine. Il convient de savoir renoncer. On n'aura plus à naître. Ça au moins n'est plus à recommencer. Et encore. Quelques faits de réminiscence chez de tout jeunes enfants font douter certains. Cette époque peut-elle demeurer dans le doute ? Non ! Il va falloir prochainement faire la preuve. Qu'on soit enfin tranquille. Ou qu'on ne le soit plus jamais…

★

Un loup sur la poitrine vaut mieux qu'une taupe dans le fondement.

★

Quelle rêveuse fille soupirant à sa fenêtre accepterait, selon ses désirs, de devenir réellement un oiseau volant dans le ciel, s'il lui fallait d'abord comme lui manger des vers, des moucherons, des scarabées et toujours en avoir la gorge pleine. L'étonnant est qu'elle oublie ses dégoûts habituels. L'entraînement de l'aile a effacé l'étroite condition de la fille de l'homme.

★

Dans les rues, les lieux de débarras, les terrains vagues, circulent les chiens.

Savants en odeurs, ils fouillent les derniers détritus qui viennent d'être jetés. Attentifs, l'air d'experts. Jamais on ne les voit se pencher sur une rose ou une violette (senteurs pour ceux qui n'ont pas de nez, comme les couchers de soleil sont splendeurs pour ceux qui ne savent se servir de leurs yeux. Le genre même de l'amateur). Un sacré dossier qu'ils ont dans la tête, constamment tenu à jour. Qui connaît mieux la carte des puanteurs? Les parfums ne les distraient pas, mais un horizon de rêve se lève pour eux de dessus les zones aux sécrétions les plus intimes, les plus révélatrices. Là-dessus, ils pensent. Compris! Ils savent à présent. Ces innocents nous reviennent alors, sans transition, affectueux, avec le regard de l'heureuse conscience.

★

La guêpe raconte: «Il n'est souvent pas difficile d'entrer dans les habitations des hommes. Là le sucré abonde.

«Lorsqu'on est pour sortir, il est arrivé plus d'une fois qu'on se heurte soudain à une interdiction extraordinaire, absolue. Vainement, on parcourt de tous ses yeux le champ du visible. Des fleurs s'agitent tout près dans la brise (il est vrai non parfumée). Inutile d'essayer d'en approcher. Ce ne sont que coups impératifs sur la tête dès et autant de fois qu'on tente d'approcher. Que faire alors? Cessant de prendre des mesures raisonnées, il faut se livrer au délire le plus violent et, voletant complètement à l'aveugle en tous sens... tout à coup l'on se trouve dehors, sauve ! Voilà le Secret. D'autres, pour en sortir, on n'en connaît pas. »

★

Si vous couchez avec une tigresse, méfiez-vous. Ce sera bientôt un cauchemar atroce, dont vous sortirez anéanti, comme si vous aviez perdu soudain la moitié de votre sang. Il est bien rare, en effet, qu'elle reste douce jusqu'au bout. Mais, si elle reste douce, il y a fort à parier que simplement vous rêvez éveillé devant sa cage, conduit par le fil de la douceur de sa fourrure extraordinaire que vous contemplez à des pensées de satisfaction extraordinaire.

★

Le Robot mélancolique, qui sait qu'il est robot, n'a plus de plaintes, n'a plus de cris. Il ne les ose plus, sachant maintenant qu'il est robot. Pourquoi crierait-il? Pourquoi ferait-il des histoires?

★

L'élan que l'on peut prendre à partir d'une personne est double. Pas décider prématurément si ce sera l'amour ou la haine. Si l'amour est le sentiment mis en avant, quel ridicule, quel embarras, quelle honte ensuite quand ce puits qu'on proclamait inépuisable est déjà épuisé ou allant — et combien sûrement — vers son épuisement. De même pour l'aversion, si on l'a montrée, quelle gêne, quelle humiliation si quelque temps après il n'en reste plus assez pour être ennemi. Comme il eût mieux valu s'abstenir, puisqu'on n'était pas doué vraiment, avec des ressources en profondeur, jouissant d'un courant toujours dans le même sens et qui se renouvelle.

★

On vit souvent quelques-unes des premières années de la vie dans le non-événement. Puis avec tel ou tel événement on commence à prendre contact. Le fatal engrenage chez les uns et les autres diversement déclenché, il se fait alors parallèlement une pente en soi pour l'événement, pour encore de l'événement, pour toujours plus d'événement, pour sans fin de l'événement. Certains pourtant, dupes jusqu'au bout, croient encore être pour l'avènement du non-événement.

★

À deux.

Je suis, dit N., à ce jeu où les dés peuvent donner un fils, peuvent donner une fille, peuvent donner l'une et l'autre, peuvent ne donner rien. Expectative. Peur aussi. Mais périodiquement une marée passe par-dessus la peur. Insouciants, quand nous sommes ensemble, les dés se retournent d'eux-mêmes.

★

Si l'on découvrait sur un mur de cathédrale les empreintes de pas d'un rhinocéros laineux, nul doute qu'avant peu on en proposerait une explication. Plus elle est impossible, plus le besoin est fort.

En tout temps, en tous pays, le soleil (son lever, son parcours, son coucher) et aussi la lune (son accroissement, son décroissement, sa disparition, sa *réapparition*) ont été expliqués. Parmi toutes les populations de ce globe terrestre qui en contient beaucoup, et de fort ignorantes, il ne s'en est jamais trouvé *une*, si disgraciée, si déchue fût-elle, et démunie de tout, qui ait renoncé aux explications à l'endroit de ces astres pourtant lointains.

Avec des histoires de vengeance, de femmes, de rapts, de vols, de viols, de sang, de fils, de pères, de jalousie, de maladies, de revanche, de révoltes, de rang, de chefs, ils comprenaient ! Cousant l'inconnu au connu (Dieu, chef ou père, c'est du connu), ils faisaient du tissu avec la lune et le soleil qui autrement eussent été inaccessibles et leur eussent causé de l'angoisse, de l'agitation, les menant même à la folie. Relations établies, satisfaits, ils n'avaient plus à y penser, ils pouvaient penser à autre chose. Penser étant la démangeaison à satisfaire à tel ou tel sujet, pour pouvoir passer, ils pouvaient maintenant passer à un autre souci. C'est pourquoi plus généralement les vastes organisations d'idées, réponses absurdes aux grands sujets sans issues, les orgueilleux raisonnés ensembles d'explications, systèmes à l'ineptie criante, une fois leur temps passé, et totalement inutilisables, n'ont cependant jamais ôté aux suivants l'envie d'en faire autant.

Bon ou mauvais, il fallait qu'il y eût tissu. Il faut toujours qu'il y ait tissage.

Mais fallait-il vraiment ainsi toujours tant d'indécente assurance ?

★

Lorsque le malade guérit, les bacilles deviennent malades. Le choix est fait. Trop tard pour les prendre en pitié. Par dizaines de millions à la minute, ils meurent, sous le poison. Le convalescent sourit.

★

Actualité : incessamment des chiens parcourent les steppes à loups pour en faire des chiens.

★

L'eau coule. Moi, je m'accoude.

★

L'ennui : manque de carnage. Dans les bonnes époques, il est une préparation.

★

La souricière du langage est telle que, quoi qu'on fasse, on ne prend guère que des souris qui ont déjà été prises précédemment : les mots parlent d'eux-mêmes.

★

L'adulte abêtit son ignorance.

★

Limites de la volonté :

Serait-il possible d'avoir une pensée vraiment volontaire de vanité ?

★

Essieux errants. Voilà le spectacle qui après un instant seulement de surprise, me paraîtrait le plus naturel, le plus vrai, le plus attendu, le plus normal.

★

Comment se comporterait un tigre, les griffes des quatre pattes arrachées ? Gardant le solide atout de son exécrable humeur, ses canines perforatrices et les sucs perçants de son estomac exigeant, que lui arriverait-il ? Lui en faudrait-il enlever davantage pour lui donner de l'angoisse ? À vérifier.

★

Après la grandeur, tôt ou tard l'emballage.

★

Année 2004.

Nous devons au chien Howwrah une étude et des observations poussées très loin sur les odeurs dégagées par une famille de paysans de la région malinoise.

Howwrah énumère plusieurs catégories d'odeurs, bien distinctes, et par lui bien distinguées.

Odeurs d'hommes, d'enfants, de femmes, de femmes après ménopause, de filles, de bébés nus, de bébés langés, de bébés malpropres (neuf sortes), d'adultes à jeun, après repas copieux, après repas modéré, après repas avec viande, etc., etc., avant le sommeil, après la nuit, au réveil (onze sortes), après la sieste, au réveil, après des rêves de bonheur, après des rêves ayant rapport à des poursuites, avant le coït, après le coït, et divers (trente-deux sortes).

Beaucoup de références. Sera utile aux hommes qui ne se contentent pas de leur expérience d'hommes. Certainement une révélation pour beaucoup, ce rapport ne sera cependant vraiment compris que des chiens (de ceux qui auront reçu une instruction solide du troisième degré). Aucun de nous ne pourra là-dessus se prononcer. Il semble pourtant au premier abord exagéré que les Flamands soient si excessivement puants.

L'ethnographie future prépare des humiliations.

★

Après quelque temps, toujours le « penser » s'arrête. Écrit, c'est ce qu'on appellera une pensée.

C'est pourtant alors qu'il faudrait qu'elle soit continuée, mais il n'y a plus prise. Des abîmes de nescience la bordent, la précèdent, la suivent. D'inextricables contradictions, d'insurmontables incertitudes, enfin une impuissance totale. Si l'on insiste, des abîmes de rien. Des univers-rien. Il n'y a pas de pensée qui, continuée, n'aille ailleurs qu'à « rien ». Alors à bout, incapable, comme craie noire sur un tableau noir, elle ne peut rien rendre, rien faire. L'univers impensé se défend.

Encore très, très, très peu de ce qui est, est pensable.

★

C'est le désert qui a fait les grandes religions du Moyen-Orient, la religion juive, la religion mahométane, la religion du Christ.

C'est le désert qui n'a pas passé dans le catholicisme et encore moins passé dans le protestantisme, tristes riches protestants !

Inutilement, le Christ a eu les paroles les plus dures contre ceux qui amassent[1]. Inutilement.

Dépourvu de désert, du sens du désert, de la nostalgie du désert, l'Occident, par destin, était pour amasser, pour posséder, pour développer ; pour augmenter les biens, propriétés, savoir, et sa propre masse.

Les sciences, le confort, la démocratie devaient en sortir qu'il allait imposer au monde... avec les musées.

★

Les peuples ont trouvé différentes choses à leur convenance. Certaines de ces choses, il me semble que moi-même j'eusse pu les trouver, tandis que d'autres, non, absolument pas. Ainsi les cygnes. Je veux dire leur utilisation, les avoir mis dans de grands bassins pour les y contempler. Jamais je n'aurais trouvé ça. Et si ces pédants volatiles s'étaient trouvés par hasard sur une pièce d'eau près de moi, je les aurais plutôt fait déguerpir. Jamais non plus je n'aurais imaginé leur étonnante fortune en tant de pays. Car les faits sont là : on les regarde. Qui ? D'abord peut-être des princes, en un temps où les princes se

1. Et les plus tolérantes pour les femmes impures. On a retenu l'inverse.

croyaient princes. Puis de gros bourgeois. Maintenant, ce sont souvent des gens de peu qui ont plaisir à aller les voir voguant sur des eaux calmes, dans des parcs aux arbres monumentaux. Silencieux ils regardent avec admiration ces êtres blancs, par ailleurs pauvres comme eux mais qui possèdent parfaitement le genre régnant, quoique ne régnant sur à peu près rien du tout. Ils sont fascinés. Ce port de reine, de reine inapprochable, de vierge et reine sur son trône roulant invisible, défi à toute réalité, mais la reine pagaye ferme de ses disgracieuses pattes-battoirs bien cachées à la vue, se propulsant sans avoir l'air d'y toucher, tricheuse, poseuse, reine du pédalo ! Et si on l'approche, un caractère de roquet.

Cependant, des hommes qu'à voir on jugerait quelconques, mais qui se sentent considérables, secrètement atteints de la maladie du cérémonial, sont proprement figés sur place lorsqu'ils voient cette image d'eux-mêmes qu'il leur plairait tant de montrer et qu'ils ne pourront jamais montrer. Naturellement, il fallait s'attendre à ce que le peuple le plus conservateur qui soit au monde et en tous sens le plus attaché au maintien, à prétention de vertu aussi, à idéal de Dimanche, il fallait s'attendre à ce qu'il fasse un accueil particulier à cet animal désuet, raide (évidemment peu polisson), et digne d'être puritain.

Toutefois, l'exhibition royale n'y est pas toujours une réussite. J'en vis (avant la guerre qui peut-être les a chassés), sur la Tamise et notamment jusqu'en aval de Richmond — inoubliables ! — crottés, souillés par la boue, déséquilibrés, luttant maladroitement sur la berge en pente contre la marée descendante qui les mettait à découvert dans le limon, les vieilles boîtes défoncées, et l'ordure.

Mais il ne convient pas de s'attarder à ces cas malheureux, ni d'accuser un peuple plus qu'un autre. Dans celui que Descartes, dit-on, a formé (mais n'est-ce pas plus tangiblement et plus dangereusement Le Nôtre, ce jardinier de l'angle droit ?), là aussi, au milieu de parcs à la raideur académique, l'oiseau de convention était tout à fait à sa place. Ce pays non plus d'ailleurs n'est pas spécialement à attaquer là-dessus. Il semble qu'en tout l'Occident christianisé, le volatile ait été « *reconnu* ». Symbole qui parle un peu moins haut[1] depuis quelque temps. Néanmoins, l'être qui promène son apparence immaculée, son air de pureté, comme une *bonne conscience*, cet *idéal* d'élévation au cou altier, comme pour se désolidariser d'avec le bas, comme s'il ne se proposait de vivre que de ce qui est élevé, *sursum corda*, cette « âme » enfin, suggérant l'envol sans pratiquement s'envoler jamais, touche encore confusément des promeneurs[2] qui se croyaient libres et même libres-penseurs, chrétiens cependant encore en plus d'un point.

1. Depuis les cours de paganisme sans dieux un peu partout institués.

2. J'oubliais Léda. Le manque de naturel animal chez ce gros oiseau le rapprochant décidément des hommes, a pu leur donner certaines idées. Étrange.

Chandelier...

Chandelier pour voir passer l'absente.

. . . .

Comme je m'en servirais!

... Élargissement merveilleux! Ah, ce que j'en passerais des jours, le chandelier à la main. J'en aurais le bras ankylosé jusqu'à l'épaule. Il faudrait bientôt que je me le soutienne avec un support. Mais qui ferais-je revenir? Oui, d'abord « elle », évidemment. Mais après?... Et qui ensuite? Et puis qui d'autre? Et puis?... Ah! Déjà de l'inavouable.

Sans doute ferais-je apparaître aussi ceux qui sont ou furent autour de ceux et de celle que je connus, afin de mieux comprendre.

Enfin! Ne plus réfléchir dans le vide, en songe-creux, faute de documents, de documents vivants! La partie abandonnée cent fois, je pourrais la reprendre sérieusement, et saisir, quoique trop tard il est vrai, quantité de choses d'elle, et d'eux, que je ne pouvais comprendre avant. Le chandelier à la main, je remonterais les âges, je remonterais familles, parents, grands-parents, aïeux et toute la race.

Magnifique ! M'emparant d'autres cas, d'autres entourages, d'autres origines, je saisirais des lois. Je comprendrais ! Merveilleuse méditation panoramique. Mais... de ces inouïes présences inespérées, de cet énorme défilé d'inconnus ne ferai-je que cela, de la pensée ? Non à coup sûr, un délire m'attend venant du rapide passage d'hommes inconnus, lointains, incompréhensibles, extravagants. Des envies de toutes sortes me viendraient avec mon pouvoir nouveau. Il faudrait que j'entre, le chandelier à la main, dans quelque village cambodgien encore inconnu, aux femmes délicieuses, simples, accueillantes. Que c'est beau ! Quelle chance j'ai. Je pénètre dans une habitation balinaise, dans une modeste hutte africaine aussi, où je regarderai à mon aise, cette fois plus gêné du tout par le climat. Aurai-je droit aussi à quelques animaux ? J'irai, le chandelier à la main, parmi les bêtes sauvages qui ne me verront pas, dans la forêt, les clairières, parmi les tigres, qui ne pourraient me faire de mal, qui ne me sentiraient pas, seulement feuleraient sourdement. J'irais. Je reviendrais. J'irais des uns aux autres. Course folle. Plus de plans. Au hasard ! Non, pas tout à fait encore. D'abord savoir. Mon chandelier éclairant les hommes du paléolithique supérieur, je vivrais avec eux dans leur semblant d'abri. Puis j'irais parmi les hominiens et plus loin encore dans les âges à la recherche des origines humaines, patient, troublé, excité, avide, sur le terrain et sur le vif. Sans regret, comme je lâcherais relations, livres, mes sottises aussi et l'art même pour être à un spectacle qui enfin en vaut la peine. L'arbre généalogique, je le verrais, le premier parmi les hommes je le verrais, j'y grimperais, véritable arbre de la science, puis à l'aventure j'errerais dans des époques qui ne disent pas leur nom, dans des régions inconnues. Émotions décuplées, quelle vie pour finir !

. . . .

Mais après un certain temps de cette aventure qui m'immensifie c'est, j'en suis sûr, le chandelier à voir ce qui n'est pas encore né, qui m'intéresserait, que je voudrais tenir et avec lequel aller, vibrant, tremblant, vers ceux qui sont encore à naître dans un ventre de femme, quand les jeunes d'à présent seront grands-pères et trouveront ça tout naturel, à peine dépassé et très attachant, c'est le chandelier pour apercevoir les époques futures que je voudrais avoir dans la main, dussé-je en être déçu, découragé, sans ressemblance avec aucun de mes rêves. (J'en prendrais mon parti.) Peut-être avec eux, avec les jeunes hommes de l'avenir pourrais-je aller dans les astres, moi moins gêné qu'eux, sans problème de respiration, de chaleur, d'alimentation, de gravitation, de vie... Quel avenir, quel accomplissement enfin, quel troisième souffle pour moi ! Pourvu qu'après tant d'années vagabondes j'aie encore la force de tenir le chandelier...

Les fées du Rhin

C'était le soir, non loin du pont, qui de plusieurs arches basses enjambe le Rhin encore jeune aux eaux tumultueuses. Je me tenais dans la partie la plus obscure d'une des rives, à distance de l'éclairage et de l'animation des hommes et de leurs véhicules. Au-delà des lampadaires, on est tout de suite dans la nuit. Malgré sa largeur et son nom prestigieux, le Rhin, ici, plutôt qu'un fleuve unique, on eût dit à le voir passer, plusieurs rivières sans bords en une seule resserrées, roulant concurremment, se défendant, se bousculant, se rejetant l'une l'autre. Les eaux, en bruissant, s'engageaient ici, se dégageaient là, vivement toujours, paraissant faire effort, avoir à faire effort, contre les multiples voisines, également pressées et les pressant, qui déviaient et se rejetaient mutuellement leurs flots. De multiples liquides fuseaux, lutteurs, formes froufroutantes, faisaient entendre des murmures, une abondance, une foule extraordinaire de murmures rapidement évanouis, renaissant, se reformant indéfiniment, venant de partout, jusqu'au milieu du fleuve d'où j'en entendais partir, ici et là, individuels, murmures passionnés comme de personnes qui les eussent habités. Mais pas n'importe lesquelles. C'était (à ne pouvoir s'y méprendre) des murmures de jeunes filles (entre rires et paroles comme elles ont parfois entre elles), précipités, inélaborés, inachevés et cependant avec effusion. Ce que j'entendais était leurs secrets chuchotés, était leurs confidences lancées à la volée, comme bouteille à la mer, leur détresse jetée à la ronde vers qui voudra bien l'entendre, appel toujours timide, délicat, mais haletant, pfuit… pfuit…. lancé par-dessus l'épaule comme au moment d'être entraînées plus loin, messages précipités, délivrés dans un dernier souffle.

Prodigieux et si inattendu ! Mais entendues une fois, je ne pouvais plus ne pas les entendre, drames d'un instant, éperdus à la fois et invraisemblablement discrets, auxquels silencieux, immobile, j'assistais. Les fées des eaux ! C'était donc ça, l'appel des ondines ! Après tant, tant et tant et tant de fois depuis mon enfance jusqu'à maintenant être allé rêveur au bord des eaux, comment était-ce seulement aujourd'hui que je pouvais les entendre, que, par une vacance unique, je les « recevais » ? Alors que c'est saisissant, évident. Je comprenais à présent les poètes d'autrefois, simples, sensibles, au cœur ouvert, qui les premiers les entendirent et aux incrédules le rapportèrent, qui entendirent le chuchotis de ces « presque-voix » susurrantes, confidentielles, exhalées, pressées, émouvantes *et qui appellent.* Cet appel indéniable qui fait qu'on est concerné, qu'on est tout « chose », voix que les autres hommes contentés par leurs distractions n'entendent pas, voix si attirantes, ces poètes, les vrais, qui les avaient une fois entendues, ne pouvaient en rester là. Ils ne pouvaient se réduire à faire quelques vers rimés à leur sujet, ne pouvaient faire autrement que de se jeter à l'eau pour les rejoindre, pour continuer à entendre leur secret, dont on ne peut de la rive capter qu'un fragment indéchiffrable, secret du fond du cœur, du cœur secret et mystérieux de la nature humble, grouillante, foulée aux pieds, impuissante, innombrable. Ces présences, en effet, qui chuchotent à vos côtés et à toute vitesse emportent la continuation de leur message, sont attirantes, *incroyablement.* On doit lutter contre l'entraînement. C'est comme si ces rapides confidences soufflées vivement vers vous, on ne pouvait s'empêcher de penser que seulement en se laissant aller à l'eau avec elles, les fées fuyantes, près d'elles, au sein de leur peuple, on les entendrait enfin, complètement, merveilleusement.

Comblé immensément d'avoir retrouvé les fées (lesquelles toujours m'avaient paru venues d'une méprisable invention sentimentale, même pas religion, reliées à rien, légende lancée par quelques pleurards impuissants qui n'y croient pas beaucoup plus qu'à une métaphore), je restais sans bouger, ou presque, sur place, me tournant, me retournant. Gêné aussi, petit à petit, comme l'est quelqu'un qui a entendu un appel et ne fait rien, écoutant « sans répondre ». Mais comment répondre ? Je faisais quelques pas. Je marchais. Me mettant alors aussi à m'accuser, à me dire que j'exagérais. J'allais au pont, et puis jusqu'à la rue et à la petite place où passaient encore quelques voitures bruyantes. Mon petit tour accompli, dès que j'étais revenu, le dos tourné à la vulgarité humaine, à nouveau et sans que cela eût varié et que cela pût être pris pour autre chose, j'entendais à nouveau indubitables, ces souffles (adressés à moi, comme à tout passant que le hasard eût mené là), appel d'une délicatesse qui n'est pas des filles des hommes, mais seulement des filles des eaux, des sirènes, insinuante invite à venir partager leur existence, ou plutôt à se rendre avec elles aux lieux mêmes de leur existence, là où pareille merveilleuse délicatesse s'exprime... et sans doute s'échange. C'étaient ces tentatrices voix sans voix, souffles exquis qui charment, qui fascinent, c'étaient elles qui séduisaient jusqu'à la mort ceux qui, insatisfaits et pourtant d'une certaine façon le cœur en paix, non occupé d'eux-mêmes, avaient l'âme pour cette aventure. J'étais troublé, entre plusieurs sentiments partagé. Et elles continuaient à passer... et je les laissais passer. Que faire d'autre ? Parfois un fuseau d'eau bruissant sur un léger obstacle devenait naturellement forme vague, nacrée, fantôme qui se serait retourné vivement pour, un peu plus significatif, me lancer son léger nft, psit passager, parmi les nombreux plus petits appels à demi résignés qui fusaient doucement de toutes parts.

Enfin, je quittai les lieux. Je me demandais : si de loin quelque Suisse m'observe, à cette heure tardive, que pensera-t-il ? Ne me jugera-t-il pas suspect ? (de vouloir me suicider peut-être ?), fixant ainsi les eaux comme je devais le faire. Appréhension un peu ridicule, probablement signe d'autre chose. Signe d'une mauvaise conscience qui s'animait en moi pour une autre raison. Pourquoi ? Parce que, d'une certaine façon, je venais d'être traître aux hommes. Ne les avais-je pas « lâchés » ? Cela ne doit pas aller sans quelque mauvaise conscience. Toujours avec les hommes on doit, sans le couper, garder au moins un fil. Sinon se crée en soi un supertribunal d'hommes qui vous met en état de « prévenu ». Je partais, troublé par ce nouveau train de pensées. Puis je revenais aux murmures qui toujours appelaient, que peut-être jamais plus je n'entendrais appeler.

Enfin, je m'en allai pour de bon, leur monde cependant m'accompagnant. J'avais trouvé — inespéré et jamais recherché d'ailleurs — les fées des eaux. Comme les bruits et les grondements, bien plus que les spectacles, ont fait les démons, les murmures ont fait les ondines, les sirènes. Je venais de l'apprendre. J'en venais.

DU MÊME AUTEUR

Aux Éditions Gallimard

QUI JE FUS, 1927.

ECUADOR, 1929 (nouvelle édition en 1968). (L'Imaginaire nº 242)

UN BARBARE EN ASIE, 1933 (nouvelle édition en 1967). (L'Imaginaire nº 164)

LA NUIT REMUE, 1935 (nouvelle édition en 1967). (Poésie Gallimard)

VOYAGE EN GRANDE GARABAGNE, 1936.

PLUME *précédé de* LOINTAIN INTÉRIEUR, 1938 (nouvelle édition de 1963). (Poésie Gallimard)

AU PAYS DE LA MAGIE, 1941.

ARBRES DES TROPIQUES, 1942.

L'ESPACE DU DEDANS *(Pages choisies)*, 1944 (nouvelle édition en 1966).

ÉPREUVES, EXORCISMES *(1940-1944)*, 1946. (Poésie Gallimard)

AILLEURS *(Voyage en Grande Garabagne — Au pays de la Magie — Ici, Poddema)*, 1948 (nouvelle édition en 1967). (Poésie Gallimard)

LA VIE DANS LES PLIS, 1949 (nouvelle édition en 1972). (Poésie Gallimard)

PASSAGES *(1937-1950)*, 1950 (nouvelle édition en 1963 et en 1982).

MOUVEMENTS, 1952 (nouvelle édition en 1982).

FACE AUX VERROUS, 1954 (nouvelle édition en 1967). (Poésie Gallimard)

CONNAISSANCE PAR LES GOUFFRES, 1961 (nouvelle édition en 1968 et en 1978). (Poésie Gallimard)

LES GRANDES ÉPREUVES DE L'ESPRIT ET LES INNOMBRABLES PETITES, 1966 (nouvelle édition en 1978).

FAÇONS D'ENDORMI, FAÇONS D'ÉVEILLÉ, 1969 (nouvelle édition en 1978).

MISÉRABLE MIRACLE *(La mescaline)*, 1972 (nouvelle édition en 1987). (Poésie Gallimard)

MOMENTS, TRAVERSÉES DU TEMPS, 1973 (nouvelle édition en 1988).

FACE À CE QUI SE DÉROBE, 1976.

CHOIX DE POÈMES, 1976.

POTEAUX D'ANGLE, 1981.

CHEMINS CHERCHÉS, CHEMINS PERDUS, TRANSGRESSIONS, 1982.

DÉPLACEMENTS, DÉGAGEMENTS, 1985.

AFFRONTEMENTS, 1986.

Aux Éditions Fata Morgana

EN RÊVANT À PARTIR DE PEINTURES ÉNIGMATIQUES, 1972.

PAR LA VOIE DES RYTHMES, 1974.

IDÉOGRAMMES EN CHINE, 1975.

LES RAVAGÉS, 1976.

JOURS DE SILENCE, 1978.

SAISIR, 1979.

UNE VOIE POUR L'INSUBORDINATION, 1980.

AFFRONTEMENTS, 1981. Repris aux Éditions Gallimard, 1986.

LES COMMENCEMENTS, 1983.

LE JARDIN EXALTÉ, 1983.

PAR SURPRISE, 1983.

PAR DES TRAITS, 1984.

Aux Éditions de l'Échoppe

JEUX D'ENCRE. TRAJET ZAO WOU-KI, 1993.

EN SONGEANT À L'AVENIR, 1994.

J'EXCUSERAIS UNE ASSEMBLÉE ANONYME..., 1995.

Aux Éditions Flinker

PAIX DANS LES BRISEMENTS, 1959.

VENTS ET POUSSIÈRES, 1962.

Aux Éditions de l'Herne

POTEAUX D'ANGLE, 1971. Repris aux Éditions Gallimard, 1981.

Aux Éditions du Mercure de France

L'INFINI TURBULENT, 1957. Repris aux Éditions Gallimard, « Folio », 1994.

À DISTANCE, 1996.

Aux Éditions Skira

ÉMERGENCES, RÉSURGENCES, 1972.

Aux Éditions Le Collet de buffle

COUPS D'ARRÊT, 1975.

Aux Éditions G.L.M.

QUAND TOMBENT LES TOITS, 1973.

Composition Interligne, Liège
Impression Bussière Camedan Imprimeries
à Saint-Amand (Cher), le 2 septembre 1998.
Dépôt légal : septembre 1998.
1er dépôt légal : février 1998.
Numéro d'imprimeur : 984171/1.
ISBN 2-07-075133-3./Imprimé en France.

88261